黑歷史

BLACK HISTORY

黑歷史 02

孤泣 著

西貢大浪村，陸記士多。

「九成半的人面識別系統，都不會顯示我們的外貌，會變成另一個樣子。」仁甲指著電腦螢光幕。

「你是怎樣做到的？」細豪看著畫面上變臉的自己，非常驚訝。

「這已經是幾年前的科技，某些國家一直也在用。」仁甲解釋：「甚至可以在直播的畫面中把整個人移除，現在我們就如隱身一樣，什麼天眼、鷹眼、C眼也不會知道我們的行蹤！」

「太厲害了！」細豪說。

人善，人欺。

小時候，我們都被教育要做一個「善良」的人，不過，慢慢長大才發現，善良只會讓自己在生活中更加痛苦。

善良的人會考慮別人的看法然後苦了自己，善良的人會原諒那些不應原諒的人，善良的人根本不懂自我保護。

「貪是人性，不貪是經驗。」

很多經濟學的書籍中，都有這一句說話。

意思就是說，因為貪過才知道不貪的結果與好處，所以不貪心就是經驗累積下來的成果。

才怪。

大多寫這些文章的人，都是成功了的「騙子」，他們不貪是因為已經貪夠了，一世也毋須再用貪來賺取更多的金錢，才會寫出這句說話。

真實的寫法是……「貪是本性，不貪是已經貪夠了。」

人類的本性，是不會改變的。

十多年前，日黑在監獄中，讀過一本名為《商君書》的書籍。

《商君書》提出「馭民五術」：貧民、辱民、愚民、疲民、弱民，是中國古代秦國施行的治國政策，主要是用來控制人民。

簡單來說，就是「民弱國強，民強國弱」。

日黑決定用這「五術」來設計他的復仇計劃。

由控制人民換成了對付仇人。

歷史

櫻滿春來到了容秀棋的家。

她當然知道不會是什麼好事，不過，身為前輩兼朋友的容秀棋約見面，櫻滿春決定赴約。而且這次是容秀棋被下毒後，首次約她見面，如果櫻滿春不去，感覺就像是心裡有鬼一樣。

櫻滿春來到了容秀棋位於赤柱的家，不過在她家中第一個見到的人，不是容秀棋，而是……

黑

孤泣作品 30

報應主義。

又稱刑罰報復主義。

是德國哲學家伊曼努爾·康德 (Immanuel Kant) 主張的哲學思想，他強調刑罰的施加在於報應，對於犯罪之惡，應以刑罰處之。

以惡報惡的方法，在道義上是允許的，而且不需要更多的理由，這樣才會對犯罪有阻嚇的作用。

那個強姦少女的人，應該要閹割。

那個兇殘的殺人犯，應該要判處死刑。

櫻滿春與鄧鏡夜的黑歷史被化解，白日黑也再次被冤枉更成為了殺人犯……

他們還有什麼方法反擊？

本來，在日黑公開「踩罪黨」欺凌的過去後，日黑甚至想自行向警方協助調查，因為警方根本沒有證據，證明所有事都是由他策劃。

可惜計劃沒有完美，被反將一軍，日黑現在再次被監禁在羈留室。

大廳的休息房內，只有他們兩夫妻。

已經很多年，每當鄧鏡夜生意上有不如意的事，泉巡音就會在休息房陪伴鄧鏡夜。

「美秀已經兩星期沒有上學。」泉巡音喝了一口紅酒。

「那些記者每天都守在學校門前，不上也吧，下兩個月我送妳們到英國，讓美秀到外國讀書。」鄧鏡夜喝下紅酒：「妳捨得我嗎？」

「不捨得。」泉巡音雙臂纏在他身上：「不過，也沒辦法了。」

「美秀已經去了英國生活，完成手頭上的事，我也會去那邊定居。」巡音喝了一口清水：「也會再次執起畫筆，希望可以開一間畫廊。」

「妳沒有放棄美術？」彩粉問。

「放棄了，不過我想重新開始。」巡音莞爾：「無論是多麼厲害的畫作，剛開始都只是張白紙，我會從白紙開始繼續努力。」

「那太好了。」柔彩粉細口地吃著芝士蛋糕：「美秀知道鄧鏡夜的事嗎？」

巡音搖搖頭：「她不知道，我想等她再大一點我才告訴她。」

「**每個人都有屬於自己的……黑歷史。**」

你沒有？

只是還未發生，而不是你沒有。

你終於想到了嗎？

你有沒有想過要報仇？

向造成你的「黑歷史」那個人，來一次徹徹底底的報復？

前輩都教我們息事寧人，把恩怨與仇恨放下，才會有新的開始。

然後，那個害你一敗塗地、永不翻身的人，繼續過著快樂的生活；然後，那個不知悔改、死性不改的人，繼續重施故技傷害其他人；然後，那個應有此報、罪該萬死的人，繼續……

活得比你好。

能夠放下仇恨的人，不是因為寬宏大量，而是他沒有能力與心力，去摧毀那個仇人的人生。

所以他們才會說：「我已經寬恕了他。」

寬恕個屁。

或者，有人會說冤冤相報何時了？

那不如你問問世界上不同的國家與人民，歷史的仇恨是不是已經結束了？

現在的世界，已經沒有戰爭？充滿和平？

世界改變了很多，不過同時世界根本沒有改變。

人類的本性根本沒有改變。

只要有人類的地方，每個人都有意無意地仇恨著另一個人、某一些人，當你在社交平台上看到大家互相咒罵，你就會明白。

只有仇恨，世界才會向前走。

只有曾經擁有「黑歷史」，才會出現「新歷史」。

為什麼一定要創造一個和平的世界？創造沒有黑歷史的世界？我們根本不能公平地對待每一個人，也不可能忘記屬於自己的黑歷史。

你想起你的「黑歷史」了嗎？

Preface II

……

…

.

我出獄後，其中一份工作。

車房內。

我看著那個已經喝到爛醉的車房老闆。

嫁禍員工偷錢、剋扣工資都是家常便飯，沒想到，他竟然連別人的妻女也不放過，還拍成影片放上色情網，賺取金錢。

那個什麼「報復上載性愛影片」計劃？只有人渣才會想到。

正好，現在這個車房老闆，成為我復仇計劃前的「實驗品」。

混亂的車房，放滿易燃物品造成爆炸，也是很合理的事吧。

「快去死。」我對著已經不醒人事的他說。

然後，我從車房的後門離開，沒有人會知道，我曾經來過。

五分鐘後。

「轟！」

車房出現了爆炸的巨響，我看著火光紅紅的大火……笑了。

車房老闆不死也嚴重燒傷。

如果你問我跟他有多大的仇口，為什麼要這樣傷害他？

我會回答你。

「他傷成怎樣，關我屁事？」

我一直在胡說八道？

你說人類應該互愛？而不是互相廝殺？

當你經歷過我的「黑歷史」，就會明白我為什麼有這樣的想法。

我只會愛我覺得值得愛的人，我甚至可以為他們而死。

其他我不重視的人？

Preface II

關我屁事。

半小時後。

「日黑！你做的車房發生爆炸意外！」社工陳細豪說。

我沒有回答他。

「聽警方說，車房老闆因為這次爆炸嚴重受傷！」他擔心地說：「你沒有事吧？」

不久，我說出一句說話。

「那……」我淡然地說：「幫我找一份新的工作吧。」

……

…

.

孤泣復仇懸疑故事《黑歷史》，繼續上演。

帶你進入，人類社會最黑暗的世界。

《你賜我痛苦一生，我要你永不翻身。》

Preface II

Chapter 8

社畜

Slave

1

西貢大浪村，陸記士多。

「九成半的人面識別系統，都不會顯示我們的外貌，會變成另一個樣子。」仁甲指著電腦螢光幕。

「你是怎樣做到的？」細豪看著畫面上變臉的自己，非常驚訝。

「這已經是幾年前的科技，某些國家一直也在用。」仁甲解釋：「甚至可以在直播的畫面中把整個人移除，現在我們就如隱身一樣，什麼天眼、鷹眼、C眼也不會知道我們的行蹤！」

「太厲害了！」細豪說。

不只是畫面，我們的通訊記錄、衛星定位等等，都不會被發現，除非是我們自願解除隱身，不然，沒有人可以輕易找到我們。

為什麼我們會有這些新科技？很簡單，錢可以解決一切問題。

對於我來說，錢的價值就是用來報仇，我從來也不會吝嗇能夠完成計劃所用的錢。

當然，我知道對方也有用之不完的金錢，他們絕對可以大灑金錢想盡辦法找出我們。現在就看看這場「復仇遊戲」誰才是最後的勝利者。

「你們在討論什麼？」彩粉走入了地下室。

「妳沒事了嗎？傷口還痛嗎？」細豪問。

「沒事了！給你們看看！」彩粉把衣服拉起給他們看胸部的傷口。

「放下衣服吧！」仁甲帶點尷尬。

「女仔人家別要這樣給人看就是了！」細豪也迴避視線。

「嘻！我都說你們兩個是好人！」彩粉看著我說：「對嗎？」

我沒有回答她，只能苦笑。

「現在因為纏習山手術室的關係，讓仁甲與細豪曝光了。」我說：「所以行動要更加小心。」

當時，他們太緊張彩粉的安危，衝進了整形中心。不過，我也有責任，當時我沒有立即告訴他們彩粉身體內有追蹤器。

「我不會再說『愈少人知道愈好』這樣的話。」我跟他們說：「以後我都會先告訴你們計劃部署。」

「也沒問題，當天在整形中心內的攝錄機影像全被我刪除了，而且我們也有喬裝。」仁甲說：「他們不會認到我們的。」

「不，我只是為了小心為上。」我說：「我跟彩粉曝光，就是要讓他們活在惶恐之中，而你們根本不需要出面。」

「我明白的。」細豪拍拍我的肩膊。

「不過請放心，沒有人會知道你幫我工作。」我跟細豪說：「因為在外面看來，我們都只是社工與前囚犯的關係。」

「那就好了！」細豪說。

細豪始終是有家室的，我不會讓他，甚至是他的家人牽連在我的復仇計劃之內。

「那個變態的纏習山現在怎樣了？」彩粉問。

「我才不會讓他這麼容易死去。」我說：「我想他以後也不能侵犯其他女人。」

我叫仁甲用遙距控制的方法，在纏習山的手機發送訊息給其他五人，他們很快就會從他的手機訊號知道纏習山的位置。

被老鼠折磨了數天的他，不死也只餘下半條人命。

我絕對不會讓他這樣就死去，因為他的「地獄」現在才開始。

「下一步計劃是什麼？」細豪問。

「公開他的……『罪行』。」我奸笑。

2

當天，纏習山被發現在西貢的貨櫃箱之內，幸運地，他沒有死去，不過報道稱他已神經失常。

同時，他侵犯彩粉的畫面曝光，本來是受害者的他，成為了全世界唾罵的……賤男。

我沒有估錯，那些為了出名的女生，紛紛公開盡數纏習山的變態行為。

她們不是最怕被人知道整形嗎？

不，現在她們已經變成受害者，得到更多大眾的可憐與關注，她們是不是整形，已經沒關係了。

虛偽的世界都是這樣「運作」。

整形中心的代表公開向受害者道歉，可惜得到的回應全是負面，沒錯……

人類最愛圍攻道歉的人。

「賤男！死變態！」

「抵死！被閹割最好！」

社會從來也不會放過侵犯女性的人，這點我最清楚不過。

當然，我從來也沒有做過侵犯別人的事，而纏習山卻是壞事做盡，應有此報。

他除了永遠絕子絕孫，還要面對大量的官司，別說做回整形醫生，現在他連走在街上，也會被人吐口水咒罵。

簡單來說，他的人生已經……**玩完**。

如果你問我有沒有很高興，我只能說只有一點，因為我們的復仇計劃才剛剛開始，還有五個目標。

不，是六個。

「你下一個目標是誰？」黑犬問。

我看著夜空說：「那個呃神騙鬼的女人。」

Slave

✕✕✕✕✕

跑馬地玄學辦公室。

一個已經被掌摑得滿面通紅的女生，像被老師罰企一樣，站在房間內，她的眼淚不禁落下。

她是曲玄玄的助手何高菜。

死老鼠事件讓曲玄玄怪罪於何高菜，曲玄玄把所有責任都推卸給她，因為何高菜沒有先打開禮物盒看看裡面是什麼東西，讓曲玄玄在鏡頭面前出醜。

明明是曲玄玄早前叫她別要打開任何屬於她的禮物，現在反過來是何高菜的錯。

「**社畜**」。

明明是老闆的錯，卻要承受責罵與懲罰，這就是「社畜」所受的痛苦。

有人總是會說：「做得不開心就別做吧！」

問題是，對於某些人來說不想經常轉工，而且轉工也未必可以獲得現在的薪金，所以「社畜」都習慣了忍讓。

上班打卡制、下班責任制、加班無薪制，好像成為了「社畜」的基本生活。

為什麼大部份人都不爭取自己的權益？

因為從讀書開始，我們已經被灌輸成為一個「聽話」的人，無論是老師又或是老闆，我們也不能違抗命令，縱使錯的是他們。

周而復始，最後社會上大部份人，都變成了……社畜。

為公司付出所有，做最多工作的是自願成為社畜的我們，而賺最多錢的卻是老闆。

對於剛畢業工作不久的何高菜來說，現在被掌摑都是自己的錯，曲玄玄懲罰她是對的。

「妳哭什麼？我請妳回來是看妳哭的嗎？」曲玄玄問。

除了死老鼠事件，纏習山出事更讓曲玄玄生氣，她不斷把憤怒發洩在助手之上！

「對……對不起……」

錯的人不是何高菜，但道歉的人卻是她。

「要懲罰！」曲玄玄再給她一把掌：「把手拿出來！」

「玄玄，不要……」何高菜已經知道她要做什麼：「下次我不會再錯……求求妳……」

「還有下次嗎？」曲玄玄賊笑：「一定要教訓妳！」

然後，曲玄玄……拿出了一個指甲鉗！

3

「把、手、拿、出、來！」曲玄玄語氣更重。

一直以來，她虐待別人的本性，根本沒有改變。人前總是愛護員工的她，人後卻是最可怕的老闆！

何高菜只能聽她的說話，緩緩地將手伸出。

她新的指甲才長出來不久，現在又再次被……**剪掉！**

不是正常的剪指甲，而是把指甲鉗伸到最入，除了指甲，連手指肉也被剪掉！

「咔！」

何高菜痛苦地叫了一聲，她用手掩著嘴巴，不敢叫出聲來。

指甲連同血水從她的尾指流下……

「嘻！痛嗎？妳知道做錯事的後果了嗎？」曲玄玄口氣極盡尖酸。

她繼續替何高菜剪甲！這次是無名指！

十指痛歸心，何高菜的眼淚不流的流下，但她依然不敢發出一點聲音，她怕被房間外的同事聽到。

血水一滴一滴流在桌上，曲玄玄虐待下屬的方法非常高明，因為何高菜的指甲很快會長回來，現在就當是她自己弄傷，曲玄玄也不用負上任何責任。

而對於被虐待的人來說，卻是十級的痛楚！

在房間外的同事真的不知道發生什麼事？

當然知道。

不過，沒有一個人敢站出來阻止曲玄玄。

同事繼續埋頭工作，不時聽到何高菜強忍著的慘叫聲，卻無動於衷。

他們都不想飯碗不保，而且也不想成為何高菜的代替品！

白日黑曾說過。

「這個世界，有 51% 的人落井下石、32% 的人漠不關心、13% 的人見死不救、3% 的人愛莫能助，只有1% 的人，是真正會幫助你。」

他一點也沒有說錯，社會上99% 的人也不會幫助那個被虐待的人，這就是現實社會的……冷漠。

甚至可以說是……殘酷！

一小時候，辦公室後樓梯。

何高菜一個人坐在後樓梯，只能自己幫自己包紮傷口，雙手十指被剪到流血的她，忍著痛苦在手指頭上貼上膠布。

她的眼淚沒有停止地流下。

她想起了患有胃癌還在醫院的媽媽，每月的鏢靶藥費用要兩三萬，沒什麼學歷的她，只能做曲玄玄的助手才有能力賺錢買藥。

為什麼沒有一個人會幫助她？

為什麼每個人都視而不見？

為什麼？為什麼？為什麼？

其實，她是知道答案的，也許如果她是那些同事，她也會視而不見。

世界上，根本就不會有人願意幫助弱小的她。

她深深吸了一口氣。

「高菜，沒事的。」她抹去眼淚鼓勵自己：「很快會好，沒事的。」

每次，何高菜被虐待，她也會為自己打氣，減少痛苦。

除了是肉體上的痛苦，還有心靈上的痛苦。

此時，樓梯傳來了腳步聲，何高菜不能讓其他人看到她的狀況！如果被發現她被曲玄玄虐待，曲玄玄絕對不會放過她！

她站了起來，準備回到公司。

何高菜想打開後門離開，卻發現手指受傷，沒法發力，太用力又會再次滲血。

突然，有一個人幫助她打開了木門。

她回頭一看，是一個男人。

男人看著她包著紗布與貼滿膠布的雙手。

「謝謝。」何高菜把手收在身後。

「妳的手……發生了什麼事？」男人問。

「沒……沒事。」何高菜覺得奇怪他會這樣問。

她沒理會，準備離開。

「妳要報仇嗎？」男人突然問：「何高菜。」

「他……他怎知道我的名字？」何高菜心想，停下了腳步。

她回頭看著左臉有一道長疤痕的男人。

1% 的人……出現了。

「妳媽媽的藥費，由我來幫妳付。」

白日黑說。

4

一所私家的醫務所內。

「茅生，我給你開的壯陽藥已經是最高份量了。」醫生說：「再多我怕你……」

「去你的！我說開多一點你就開多一點！」茅燦柴生氣地說：「別忘記你跟未成年少女上床的影片，還在我手上！」

醫生神情驚慌。

茅燦柴當然不是什麼好人，他一直也有偷拍那些達官貴人跟未成年少女的不當交易，然後成為了他手執的把柄。

醫生走到門前關上大門：「別要這麼大聲好嗎？」

「我大聲？你是說我不能吃太多壯陽藥？還是怕自己的事被發現？」茅燦柴奸笑：「我要最勁的壯陽藥！份量也要最高！」

醫生當然不能隨便開藥，不過，他已經沒有選擇。

「沒問題，但這是我私人給你的，別要跟其他人說。」醫生說。

「還用你說？」

也許是報應，茅燦柴自從五年前姦殺只有十五歲的華紫涵後，他再也不能正常勃起，只能依靠壯陽藥來維持他的雄風。

已經過了五年，直至現在，也沒有人知道華紫涵的屍體被埋在哪裡。

連知道茅燦柴殺死華紫涵的鄧鏡夜也不知道。

最近，茅燦柴的壓力非常大，雖然他知道華紫涵的鬼魂或者是白日黑他們搞鬼，不過，他還是非常害怕，每晚都要依靠藥物入眠。

他的藥物就是壯陽藥，每晚他都要搞到天翻地覆才能夠安心入睡。

因為醫生要經程序派藥，茅燦柴離開醫生房，在醫務所等待。當然，寫著感冒藥的藥包之中，都是茅燦柴想要的壯陽藥。

此時，廣播器中讀出一個人的名字。

「華紫涵，可以見醫生！」

茅燦柴瞪大了眼睛，表情驚慌！

「華紫涵……」

未等護士再讀出名字，茅燦柴在醫務所內大叫：「什麼華紫涵？！華紫涵已經死了！死了！」

在場來看病的人都看著茅燦柴，他們中沒有一個人是華紫涵！

「是誰？！究竟是誰？」茅燦柴走向了櫃枱問護士。

「剛……剛才有一個穿著校服的女學生……」護士看一看醫務所：「她好像……不在了。」

茅燦柴沒等她說完，他衝出了醫務所。

走廊沒有任何人。

不過，有人用紅色噴漆在牆壁噴上……

「**你把我埋在哪裡？**」

茅燦柴雙腳發軟……跪在這行字前！

躲在防煙門後的女學生，看著這一幕，笑了。

她是假扮學生的柔彩粉。

……

…

.

深水埗一間劏房內。

仁甲與細豪來見一個披頭散髮的女人，她是華紫涵的媽媽。

「華太，謝謝妳提供的身份證，讓我們可以複製偽造。」仁甲說。

看病的人當然不是死去的華紫涵，身份證是偽造的。

「那個人何時才會死？」華太沒有任何表情，心底湧出強烈的恨意。

仁甲與細豪對望了一眼。

「華太，請放心，計劃在進行中。」仁甲說：「那個人一定不得好死。」

「何時才可以找到我的寶貝女？」華太的眼神非常凶狠。

華紫涵的屍體還是下落不明，已經過了五年，她還是非常想安葬死去的女兒。

不過，為什麼華太知道華紫涵已經死去？而且知道兇手就是茅燦柴？

只因……華紫涵是華太年輕時跟茅燦柴所生的女兒！

茅燦柴這禽獸姦殺的……

是自己的女兒！！！

5

數天後。

曲玄玄來到了南區壽臣山一個豪宅看風水。

四千多呎的豪宅，上億的售價，可以換到幾多個深水埗劏房？世界上的貧富懸殊，已經來到瘋狂的地步。

「張老闆是我今年最大的客戶。」曲玄玄對著何高菜說：「妳別要出醜！」

「知……知道。」何高菜點頭。

她的雙手戴上了純白色的手套，很明顯傷勢還未完全康復。

因為最近發生的事，曲玄玄身邊多了兩個保鑣，不過，因工作的關係，她只叫保鑣在門外等待。

很快，她們已經來到了豪宅門口，幾個工人出門招呼曲玄玄二人，她們來到了豪宅大廳，哥德式的室內設計突顯氣派，裝修費價值不菲。

張老闆已經在大廳等候，曲玄玄像見到金礦一樣，兩眼發光。

曲玄玄開始解釋豪宅的風水佈置與擺設，當然，那些擺設都由曲玄玄的公司提供，價錢比外間貴上數倍，不過，有錢人就是選擇方便，不用自己張羅購買。

曲玄玄真的如報道所講神機妙算？

神個屁，她只是讀了幾年的玄學課程，一切都是宣傳效果。一個有錢人邀請她看風水，又會有下一個有錢人邀請，不斷有新的客戶。

「迷信」兩個字，是某些人的成功之道。

當然，也是那些「神棍」的成功之道。

在整個看風水過程中，張老闆都心不在焉，因為他一直留意著曲玄玄身邊的助手……何高菜。

二十出頭的何高菜，不算是美女，不過少女十八無醜婦，加上那些有錢人的品味，玩慣了名模，也想試試其他的「口味」。

一個多小時後，風水也看完，曲玄玄與張老闆來到了一個私人小酒吧聊天。

張老闆很快已經提出了他的要求。

「啊？你說高菜嗎？」曲玄玄當然明白他的意思：「不過人家不是做那一行啊。」

「都是錢的問題吧。」張老闆隨手拿出一本支票簿：「說吧，多少？」

「張老闆真爽快，不過我也要問問她本人的意願呢。」曲玄玄抿唇一笑。

張老闆把支票交給了曲玄玄，上面的數字讓曲玄玄兩眼發光。

「沒有人會拒絕吧？」張老闆奸笑：「快去叫她來，今晚她是我的了，去去去。」

曲玄玄沒有多說半句：「我會好好說服她的。」

她會把巨款交給何高菜？

才不會，她一分錢都不給何高菜！

她只是自己的助手，憑什麼得到這筆錢？而且她心中充滿了妒忌，年齡比何高菜大的她，魅力也不及年輕的何高菜。

曲玄玄最討厭這感覺！

她回到何高菜身邊，跟她說留下來陪陪張老闆喝酒，何高菜當然拒絕。不過，曲玄玄溫柔地勸服何高菜，只是喝喝酒而已。

她也用上威脅的口吻，如果得罪了這個大客戶，何高菜也不可能留下來替曲玄玄工作。

最後，何高菜勉強答應了她的要求。

……

…

·

那天晚上。

何高菜因為被下藥的影響，很快被灌醉。

曲玄玄跟張老闆說，何高菜都喜歡「刺激」的玩意，她說看看何高菜的雙手就知道了，張老闆當然明白她的意思。

而且……玩性虐待也是張老闆的喜好。

張老闆的房間內，拿著「玩具」的他看著全裸的何高菜。

「今晚，我要妳好好享受，嘰嘰嘰嘰。」他用淫邪的眼神看著她。

何高菜全身無力，她只能迷迷糊糊地看著那些不是小孩能玩的「玩具」。

那晚，是何高菜二十年來……

最痛苦的一晚。

6

兩天後。

何高菜回到玄學辦公室。

「你看她，走路都一拐一拐的，一定是很刺激！」辦公室的女同事在她背後說。

「正淫娃，為了錢出賣肉體，勾引那個老闆！」另一個女同事說。

「不知道她收多少錢？我也想上上她。」男同事奸笑。

「變態！像她這種賤女人，不知道有沒有生性病！」

她們以為何高菜聽不到？

才不是，他們都有心讓她聽到自己的說話。

同事的奚落與嘲諷，不難想到，是曲玄玄把何高菜留在豪宅的事告訴他們，她要讓何高菜成為不知廉恥的淫婦！

何高菜一個人來到了茶水間，她的身體很痛，同時，心更痛。

她打開了水龍頭，水喉水流下，她連哭也要用水聲來掩飾，眼淚隨著洗手盆的水落下。

她緊握著拳頭，還未痊癒的手指再次滲出血水。

她的另一隻手拿著手機。

本來，當天一個陌生男人在後樓梯找上她，她根本不會答應他的要求。不過，現在已經超出了何高菜的……容、忍、限、度。

超越了成為社畜的最底線！

何高菜抹去眼淚，在手機上輸入。

「**我答應你合作**。」

……

……

……

有些人甘願成為社畜，卻有些人寧願利用自己的身體換取金錢，也不想成為窮人。

島朱乃正和一個年紀比她大三十年的富商在高級餐廳吃晚飯，這個有婦之夫，已經包了 VIP 房，因為他不能讓別人看到她跟島朱乃幽會。

「妳看我送什麼給妳？」富商吩咐侍應把禮物送過來。

「我很期待啊！」島朱乃高興地說。

她打開了禮物盒，看到盒中的東西，非常高興。

「太可愛了！」

「我看妳的 IG 相片，知道妳很有愛心，所以決定把牠送給妳。」富商看著島朱乃又長又深的乳溝：「希望妳喜歡吧。」

「我很喜歡啊！」

島朱乃把盒中的「禮物」抱了出來。

是一隻可愛的灰色名種貓。

寵物是禮物？寵物就可以隨便送給人？

「養寵物是一世的責任」這些說話，對於某些人來說根本就是廢話，因為他們根本不當貓貓狗狗是生物。

只當是禮物與玩具。

島朱乃抱著小貓，高興得不得了。

她的戲，演得非常好。

在社交網頁上的抱貓合照，只不過是她吸引流量的密碼，把貓抱在自己的大胸前，她不是想別人看貓，而是要別人看她的胸部。

不只這樣，島朱乃比其他「虛偽」的人更可怕。

晚飯完後，他們準備離開，島朱乃先去洗手間，在洗手間中她打電話給經理人。

「他送貓給我，真的想死！」島朱乃在鏡前補妝：「我發相片給你，看看放售可以換多少錢。」

「貓不是還好嗎？」經理人說：「可以陪陪你家的貓。」

「我家那隻跛腳貓，我一早已經不想要了！」島朱乃生氣地說。

Slave

「等等，現在免費來一隻貓，不是很好嗎？」經理人老謀深算：「妳之前是怎樣令你家的貓跛腳的？然後吸引了大量的網民說妳有愛心，不是嗎？」

島朱乃想了一想：「我明白你的意思，嘻！」

島朱乃跟其他「踩罪黨」的人一樣，依然是死性不改；不過，她虐待的對象不是人，而是……貓！

她家中的跛腳貓，其中一隻腳，是她……**親手監生扭斷！**

然後用牠來吸引別人，讚賞她有愛心，願意領養一隻跛腳的貓！

島朱乃看著鏡中的自己，那個出現了邪念的自己。

「現在那隻小灰貓，應該很有用呢。」

7

九龍塘國際望德幼稚園門前。

「再見張老師！」

「今天下雨，回家時要小心一點，再見！」張田馬溫柔地微笑。

那天，鄧美秀沒有說出他們之間的「秘密」，讓張田馬鬆了一口氣，還可以在這名牌幼稚園繼續當老師。

雖然天色不好，下著微微細雨，不過他今天的心情卻不錯。

可惜，被一個電話改變了心情。

「誰？」

「你怎麼還可以在幼稚園工作？」一把男人的聲音。

「什麼意思？」

「那天我明明見到泉巡音來了學校的。」

聽到泉巡音的名字，張田馬老師神情非常緊張，因為她就是鄧美秀的媽媽。

他躲到一邊去：「你是誰？！」

「我是誰不重要，更重要是你的……性命。」男人說：「那隻 USB 手指我已經送給鄧鏡夜了。」

「什麼 USB 手指？」

「你在草叢，要他女兒替你打手槍的影片。」

張田馬整個人也呆了，他腦海中不斷在想……「這個人拍下來了？！」

「我……我不知道你說什麼！」他狡辯。

「我還是勸你立即辭職，然後躲起來。」白日黑說得輕鬆：「鄧鏡夜不會報警，因為他不想別人知道自己女兒被人侵犯，他會直接找你，跟你算帳。」

張田馬臉上緊張的汗水連同雨水滴下，他想到自己將會有什麼後果。

「當天在幼稚園門口你當我是變態男嗎？」白日黑說：「現在……誰才是最變態的？」

說完這句話，白日黑掛線。

「喂喂喂！」張田馬非常緊張。

「張老師怎樣了？」另一位女老師走向了他。

張田馬沒有回答她，在他的腦中只想到兩個字……逃走！

……

‥

·

鄧鏡夜的大宅。

私人休息室內，那些貴重的收藏品已經碎滿一地，鄧鏡夜憤怒得把室內所有擺設打爛！

他已經看了USB的內容。

最深愛的女兒竟然被另一個男人這樣對待，他的憤怒已經來到了頂點。

是白日黑把USB交到他的手上，他覺得整件事都是白日黑的所為！

「賤種！賤種！賤種！！！」

鄧鏡夜把另一件價值三十萬的古玩掉爛，可惜，他的心頭之憤一點也沒有撲熄。

十六年前，他們虐待柔彩粉好像是天經地義；現在，輪到了自己的女兒，他卻完全不能接受！

是報應？

他不相信「報應」，一點都不相信！

他打出一個電話，這次不再是沙啞聲男人柄勇，而是另一個人。

一個更有勢力的人。

「是鄧生，怎樣了？」男人問。

「幫我找一個幼稚園老師。」鄧鏡夜沉著氣說：「他叫張田馬。」

「沒問題，明天回覆你。」

這個男人，就是到美術學院，捉拿張志萬的警員張大輝！

「還有一件事。」鄧鏡夜說：「無論是直接還是間接認識白日黑的人，我要所有跟白日黑有關係的人的資料。」

「所有？」

「我要連他肚裡面那條蟲也要知道！」

「鄧生，明白的。」

現在，不只是白日黑要復仇……鄧鏡夜也要狠狠地復仇！

Chapter 9

人善

Kind

1

人善，人欺。

小時候，我們都被教育要做一個「善良」的人，不過，慢慢長大才發現，善良只會讓自己在生活中更加痛苦。

善良的人會考慮別人的看法然後苦了自己，善良的人會原諒那些不應原諒的人，善良的人根本不懂自我保護。

如果整個社會的人都是善良的，善良的人本身沒有錯；問題是，社會中充斥著陰險、惡毒的人，善良的人根本就沒有立足之地。

就像何高菜一樣。

一直以來，她受盡委屈，沒有半句怨言，善良的她，真的活得快樂嗎？

一點都不快樂。

加班沒有怨言，時間加得更多；下班工作沒有抱怨，私人時間會不斷接到老闆的電話；被人虐待也不哼一句，被虐的程度更加可怕。

人善，人欺，自古以來也是常態，只是我們都習慣了。如果說是「人欺」，更大部份的人都是「自欺」。

今天，何高菜終於決定不再啞忍，她要為自己一直以來的遭遇平反！

除了因為白日黑答應她承擔母親的醫療費用，她還要向曲玄玄來一次徹徹底底的「報復」。

曲玄玄正在辦公室的直播間做網上直播，今天的話題是流年運程，她那些「迷信」的信徒聽得如痴如醉。

「犯太歲的生肖，可以購買我們公司出品的生肖吊飾。」曲玄玄微笑說：「城中名人也跟我們訂了貨，你們也別要遲疑了，數量有限！」

此時，何高菜突然衝入了直播間，曲玄玄感到非常突然。

「哈，我的好助手，我在直播啊，妳進來做什麼？」在鏡頭面前的曲玄玄非常友善。

她的內心卻是憤怒萬分，她要在直播後好好懲罰她！

何高菜沒有理會她，坐到曲玄玄的身邊。

「請繼續直播，如果突然暫停了，更加證明我之後說的話是真實的。」何高菜冷冷地說：「而且如果暫停，我也會自己開直播繼續說。」

曲玄玄完全不知道她想做什麼。

「高菜，妳也想介紹我們的開運產品給觀眾嗎？」曲玄玄最懂應變。

「就由開運產品先說起。」何高菜拿起了生肖吊飾：「淘寶拿貨才幾元，現在買三千元一條，你們真的相信她的說話？」

半秒之間，曲玄玄臉上出現了憤怒的眼神，然後又回復微笑。

「這是開過光的吊飾，怎可以跟淘寶貨比較？呵呵呵！」

「開光？嘿。」何高菜冷笑了一聲：「妳用枱頭燈照一照，就叫開光嗎？」

何高菜的出現，令直播湧入了大批的觀眾食花生。

「呵呵呵！看來我的助手今天有些問題，我們先結束直播……」

「妳怕了？」何高菜看著曲玄玄：「妳怕我把妳所有的醜事告訴別人？」

「我為什麼要怕？」曲玄玄已經禁不住自己的怒氣。

何高菜舉起了自己還未痊癒的雙手。

「我只是做錯了一些小事，妳把我的十隻手指全部剪入肉！而且不只是一次！」何高菜強忍著眼淚，緊握拳頭說：「我一直受著妳的虐待！」

「是妳自己弄傷了，怎能怪責我？呵呵呵！」曲玄玄以笑遮醜：「而且妳也沒有證據證明是我做的，如果妳再亂說話，別要怪我告妳誣衊與毀謗！」

威嚇。

這一招，一直在何高菜的身上很有用，不過，今天卻完全失效！

「我沒有證據……」何高菜說：「不過，十五年前，妳強迫一個女學生吃老鼠頭的證據卻存在！」

曲玄玄呆了一樣看著她，心中暗忖，何高菜怎會知道這件事？！

她心中盤算著，都已經十五年了，當天怎會留下證據？

此時，直播畫面出現了一個請求。

共同直播的邀請！

2

直播觀看人數……十二萬。

「妳想要證據嗎？現在就給妳看。」何高菜說：「如果妳怕被人知道，妳可以不接受共同直播的邀請。」

所有的說話，都是白日黑教何高菜說的！

日黑最清楚知道，高高在上的人要如何對付！

曲玄玄會怕？她當然不怕！

曲玄玄非常清楚，當年根本還未有這麼多攝影機，手機的鏡頭也只是最低階的，而且她記得當天附近絕對沒有其他人在場，她知道何高菜只是在恐嚇她！

「就看看妳有什麼證據！」曲玄玄奸笑：「接受邀請！」

她不自覺地，露出了一個從來不會在直播鏡頭前出現的奸險笑容。

畫面中是一個後花園，今天天氣很好，藍天白雲。

此時，一個女人把坐在輪椅的女生推到螢光幕前……

曲玄玄呆了一樣看著她！

沒錯，何高菜沒有任何的證物，卻有比證物更有說服力的……

證人！

她就是當年被迫吃老鼠頭的女孩！

……

……

……

前天。

白日黑再次來到了精神病院，探望被迫吃下老鼠頭的李小美，還有她的媽媽。

「李太，我知道這樣做，小美可能會很痛苦……」

「沒問題。」李太沒等他說完已經說：「沒有比現在更痛苦了。」

「我明白。」

已經過了十五年，李太的仇恨只會比白日黑的更深。

「就來一個了斷吧。」李太微笑，同時流下眼淚。

照顧一個患有嚴重精神病的女兒，對於普通人來說，絕對不會明白當中的痛苦；而對於李太來說，現在就是一個……了斷與解脫！

白日黑有什麼要求？

他想李小美可以從直播中，再次跟當年要她吃老鼠頭的女人見面！

這樣做很不人道？

的確，不過李太已經決定了，不再逃避，她甚至想那些傷害她女兒的人……不得好死！

白日黑看著呆滯的李小美。

心中說了一句：「對不起。」

……

……

同日晚上。

一輛 Tesla Model 3 上。

何高菜坐在白日黑身邊。

「李太那邊已經安排好。」白日黑說：「明天就看妳的。」

何高菜沒有說話。

良久，她終於說：「我要如何做？」

白日黑輕輕捉住她受傷的手：「妳只要說出自己心中一直想說的話就好。」

「我心中的說話……」何高菜在思考著。

「李太與李小美已經決定勇敢站出來。」白日黑說：「妳呢？」

何高菜堅定地點頭。

白日黑根本就是在利用著何高菜，甚至是利用李小美來激勵她。

善良的人總是被人利用。

如果在某些道德的層面來說，日黑是最邪惡的人，不過，同時他也是在救贖那些一直不敢反抗而善良的人。

「曲玄玄將會……應有此報。」

……

…

.

直播室內。

直播觀看人數……十五萬。

坐在輪椅上的李小美，出現在直播的鏡頭前！

「我沒有物證，卻有人證！」何高菜說：「她就是十五年前，被妳強迫吃老鼠頭的女孩！」

3

李小美看到曲玄玄的樣子，不到半秒，她大叫！

「不要！求求妳！我不要吃老鼠頭！不要！」

現場的所有人都一起看著曲玄玄！最喜歡成為眾人目光的她，逃避著小美的眼神！

「我不要！我不要！」李小美繼續歇斯底里地大叫。

她面容扭曲，極度恐慌！已經過了十五年，她還是如此的恐懼，曲玄玄她們帶給小美的傷害，可想而知有多巨大。

每一個晚上，李小美也想起生吃老鼠頭的一幕……

每一個晚上，她也想起曲玄玄的樣子！

「原來就是妳這個女人！」李太抱著小美：「賤人！是妳把小美變成現在這樣！妳不得好死！」

「不，不是我……」曲玄玄一時語塞，搖搖頭：「你們找個白癡妹大叫大喊就說是人證？就他媽的說我是虐待她的人？你們才是瘋的！去你的！」

她從來也沒有像現在一樣失言！

在十五萬觀眾面前失言！

「結束直播！即刻！！！」她大叫。

誰敢不聽她的命令？

攝影師立即結束直播，最後出現的觀眾人數是……十八萬！

曲玄玄從來也沒有想過，自己有一天可以得到這麼多人收看！

她二話不說，走向了何高菜！

一個巴掌打在她的臉上！力道之重，讓何高菜的臉頰又紅又腫！

何高菜一點都不退讓，用一個怨恨的眼神看著她！

「妳這個賤人！我沒出糧給妳嗎？妳要這樣的對我？」曲玄玄凶神惡煞。

「妳以為……以為出糧給我就可以為所欲為？」何高菜說出一直埋藏在心中的說話：「妳不斷虐待我，妳覺得妳沒有錯？」

曲玄玄再次一巴掌打在何高菜面上：「妳的人工已經包了！難道妳以為我出這麼高的人工給妳幹嘛？我買淘寶貨的事妳竟然說出來？妳破壞了保密協議，我一定會告妳！」

「還有，妳把我留在那個張老闆的豪宅……」

何高菜還未說完，曲玄玄奸笑：「啊？原來是因為這件事嗎？」

此時，直播室其中一個員工走向她們：「曲小姐……」

「白癡！你給我走開！」曲玄玄憤怒地說：「像屎一樣的地底泥，別過來阻止我！」

員工緊握著拳頭，他……沒有再說下去。

「何高菜妳這個又窮又醜的女生……」曲玄玄用手指篤著她的額頭：「有個有錢大叔跟妳上床妳三生有幸吧！錢我是收了，妳可以怎樣？妳在我這裡工作，別要說跟別人上床，我要妳食屎妳也要食！」

何高菜的眼淚流下。

世界上的老闆都覺得，出了工資，員工就要為他做任何義無反顧的事？

問題是，員工不是奴隸，他們都是為了在社會生存下去而努力的普通人！

「啊！呵呵呵！剪妳的手指甲好像不夠懲罰，不如就要妳食屎來懲罰妳！」曲玄玄露出一個像邪惡夜叉一樣的眼神。

她的說話教人惱恨至極，曲玄玄卻沒想到何高菜的反應。

何高菜抹去痛苦的眼淚，而且臉上出現了微笑。

「對不起，我……辭職了。」

她在微笑？她在高興什麼？

因為，她知道曲玄玄虛偽的人生已經結束！

就如李太所說的……不得好死！

直播觀眾人數是……二十五萬！

直播不是已經結束了？

對，已經結束。

曲玄玄的直播的確是結束了，不過，何高菜的直播……在曲玄玄直播結束後才開始！

何高菜在自己的衣領拿起了一樣東西，這是白日黑給她的直播攝錄鏡頭！

剛才的員工，就是想提醒曲玄玄有另一場直播進行中，卻被她罵走。

何高菜把曲玄玄所有的說話與畫面……全都直播了！

「看來，不只是我，妳也要辭職了。」

何高菜露出一個，**善良的笑容**。

4

那天，曲玄玄成為了全港的話題。

雖然沒有證據證明她就是十五年前強迫小美咬下老鼠頭的人，不過，大眾已經把她「定罪」，惡毒的留言洗版，曲玄玄的形象跌至谷底。

何高菜也沒有提告被虐待一事，大眾卻為她抱不平，甚至有律師願意為她免費提供法律服務。

的確，因為幫助了何高菜，那些律師行將會得到最大的宣傳效果。

何高菜知道，真正幫助她的人，不是那些律師，而是……白日黑。

曲玄玄就這樣逃過一劫？

錯了，她收到大量的追討賠償，包括那些曾經相信她的「信眾」。

這也不是最嚴重的，她收取巨額金錢看風水的富商，也立即向她追討與提告她欺詐的罪行。

曲玄玄十多年的經營，只需要半天，全毀了。

成為了香港最知名的「神棍」。

這是她……「應得的」。

命運中真的有「惡有惡報」？現在的曲玄玄的確得到報應了。

這一切，全都是白日黑的計劃。

日黑與彩粉就這樣放過她嗎？

不，才不會。

……

‥

．

曲玄玄於渣甸山的高層豪宅內。

已經喝到半醉的她，收到了櫻滿春發給她的 WhatsApp。

當天，不只是曲玄玄虐待小美，還有櫻滿春在場。

「**別要亂說話**。」

這就是WhatsApp的全部內容，完全沒有關心曲玄玄，櫻滿春只關心自己會被牽連在內。

「這就叫多年的姊妹嗎？嘻嘻嘻嘻！」

她把手機掉向牆壁：「他媽的姊妹！！！」

她們已經「有福同享」多年，不過，需要「有難同當」時，曲玄玄才知道「姊妹」兩個字，都是垃圾！

此時，她家的大門突然打開！一個不速之客走進了她的單位內！

「是誰？！」

出現在曲玄玄面前的，是一個女生，她是……柔彩粉！

已經十六年了，她們都沒有忘記對方的樣子！

「妳……妳是怎樣進來的？！」

「什麼進來？我住在同一層A室的單位啊！我們一直是鄰居！」

白日黑一早已經租下了曲玄玄同層的單位，為了就是現在這一刻。

「是妳！是妳這個賤人毀了我的人生！」曲玄玄走向了她，想用杯中的紅酒潑向她。

「會不會應該是我先說呢。」

柔彩粉側身避開，同時她捉住了曲玄玄的手臂！

「曲玄玄，妳醉了。」彩粉一手把曲玄玄推到沙發上。

曲玄玄覺得自己有點不對勁，她雖然有點醉意，卻感覺到全身無力。

柔彩粉爬到曲玄玄的身上，面貼面跟她說：「感覺到了嗎？是不是有什麼感覺呢。」

她的手指向著曲玄玄的私處伸去，曲玄玄發出了一下呻吟的聲音。

「妳以為我第一次來妳的家嗎？」柔彩粉在她的臉上呼氣：「我來過很多次了！還要在妳的酒中下了……春藥，嘻！」

「什……什麼？」

曲玄玄沒法再說話，因為她全身酥軟，柔彩粉純熟地用手指在她的私處游走。

曲玄玄感覺到無比的快感！

Kind

「舒服嗎？」她舔在曲玄玄的臉上：「不過姐姐妳比我更懂玩呢。」

「不要……」曲玄玄合上眼睛享受著。

柔彩粉在背後拿出一支性玩具：「我在妳房間找到的，姐姐真的是淫婦啊！」

性玩具在曲玄玄的身上震動，曲玄玄完全無力反抗。

「就留給妳自己慢慢玩吧。」柔彩粉說：「我不會再來騷擾妳，妳就把一直的怒火發洩出來吧！」

說完後，柔彩粉站起，然後慢慢地走到門口。

離開前她還回頭看著曲玄玄，給她一個飛吻。

「Enjoy！」

大門關上，曲玄玄看著身邊的性玩具，她已經……

沒法控制自己了。

5

陸記士多。

「噢～噢～噢～噢～噢～」

士多的地下室傳來了女人的呻吟聲。

沒錯，就是曲玄玄正在享受著她的性玩具，她家中的攝錄機正拍攝著她這一幕「自娛」活動。

除了是紅酒下藥，攝錄機當然已經做了手腳，他們就是要拍下曲玄玄自慰過程。

「心也煩了，關掉聲音吧！」細豪說。

「我以為你喜歡聽，哈！」仁甲關掉聲音。

「不過，這樣真的不會太過份嗎？」細豪說。

「你又來了。」仁甲搖頭說：「過份？別忘記當年她是如何對待李小美，如何對待何高菜，還有最無辜的彩粉！」

細豪點頭，明白他的意思。

現在是執行報仇計劃，根本不需要可憐那些應有此報的人。

「很快，她精彩的表演，就會在各大色情網站看到了。」仁甲說。

他把螢幕也關上，仁甲指著白板上的其中一個男人。

「其實我更想對付他！」

他是茅燦柴。

「對！這個禽獸之中的禽獸！」細豪非常生氣。

他們到過深水埗劏房找華紫涵的媽媽，知道了華紫涵是她跟茅燦柴年輕時所生的女兒。

茅燦柴不只是姦殺，他姦殺的人更是自己的女兒。

沒有任何一個人可以原諒這隻禽獸！

「日黑一定會好好炮製他。」仁甲說。

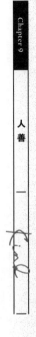

此時，仁甲的電話響起，是彩粉。

「仁甲！拍到了嗎？」她問。

「比日本AV更精彩，放心吧，我會把妳的戲份剪走才上載。」他說。

「嘻！真可惜呢！」彩粉高興地說：「現在我要離開了，其他事交給你。」

「沒問題！」

「晚上妳自己要小心！」細豪說。

「知道豪哥！再見！」

細豪也不知道叫她小心是不是正確的，因為彩粉為了復仇，比任何人都可怕。

「啊？日黑還沒回來？」仁甲問。

「今晚他又有『任務』在身。」細豪說：「他有聯絡過我，放心吧，他沒事。」

「你也早點回家吧，明天還有工作要做。」仁甲說。

「有時間你可以來我家吃飯。」細豪笑說：「總好過只留在這裡對著冰冷的電腦。」

仁甲拍拍他的肩膊：「心領了，我還是比較喜歡冰冷的電腦，至少它們不會像那班人。」

他所說的當然是「踩罪黨」。

仁甲的社恐已經沒法回頭了，是什麼讓他變成社恐？

就是可怕的人類。

體弱多病的他從小就被欺凌，慢慢長大後他發現了匿名的網絡世界，才是他最喜歡的社會。

要怪那些社恐的人？說他們不肯走出第一步？說他們只懂收藏自己？

要怪就怪讓他們變成社恐的人，為什麼要指責受害者？

「社會上，不是每個人都是壞人，就如我！哈！」細豪說。

「細豪你又社工上身了。」

然後他們一起笑了。

「總之，有時間就來我家吃飯吧，我永遠歡迎你！還有日黑與彩粉！」

「好，總有機會！」

或者，他們是兩種不同性格的人，不過，遇上了日黑與彩粉後，他們已經成為了最好的朋友。

6

另一邊廂。

白日黑來到了赤柱富豪海灣。

叫得「富豪」，入住的人也非富則貴，這次白日黑要找的人，不再是那些社會的最低層。

問題是，這些有錢人也會跟白日黑合作？

會的，只要存在仇恨，敵人的敵人就是朋友。

白日黑走進豪宅內，工人帶他去客廳。

走廊的牆壁上掛滿了大相框，相中的豪宅主人都穿著華麗的服裝，不過，室內的燈光卻非常昏暗，跟色彩繽紛的相片格格不入。

「小姐就在客廳等你。」

說完後工人離開，日黑走進客廳。

相片中的女人就坐在長桌前，因為燈光昏暗，沒法看清她的樣子。

「容秀棋小姐，妳好。」日黑說出了她的名字。

容秀棋這名字對喜歡香港音樂的人不會陌生，她就是三年前的全港最受歡迎女歌手，而且是連續五年獲得此殊榮。

可惜最近兩年，被櫻滿春奪走了這個每個歌手夢寐以求的獎項。

「白先生，請坐。」她說。

等等，容秀棋的聲音就像老牛一樣，她怎能成為連續五年的最受歡迎女歌手？

或者，這就是日黑來找她的原因。

「為什麼要找我？」她問。

從昏暗的燈光中，日黑終於看清楚她的樣子，容秀棋頭髮凌亂、面容憔悴，跟相片中拿著米高峰光芒四射的她完全是兩個人。

三十八歲的她，看似五十歲的中年女人。

「聲音。」日黑簡單地說出兩個字。

Kind

容秀棋瞪大了眼睛看著日黑。

對一個歌手來說，沒有東西比自己的聲線更重要，而容秀棋卻在兩年前失去這重要的「寶物」。

她被……**毒啞了**。

經過兩年的治療，她也沒法回復，別要說天籟之音，容秀棋連說話也沒法保持清澈，只能用一把沙啞的聲音說話。

「你知道什麼？」容秀棋問。

「沒什麼，我只知道，有人為了得到本來屬於妳的獎項，然後把你……毒啞。」日黑直接地說。

「哈……哈哈哈哈哈！」容秀棋像瘋子一樣大笑：「知道又如何？我根本沒有證據，而且……」

「有人威脅妳，對吧？」日黑說。

容秀棋沒有回答，代表日黑沒有說錯。

「只要妳對傳媒說出妳認為的『真相』與『兇手』，妳的家人、朋友都會受到傷害。」日黑說：「我想大約就是這樣，對吧？」

「你究竟是誰？」

「一個會幫助妳報仇的人。」

這次到容秀棋看清楚日黑的樣子，他的臉上完全沒有半點猶豫，而且充滿了陰險。

「不用猜也知道，當妳沒法再唱歌，誰會得到最大的利益。」日黑沉靜地說：「妳不需要證據，只要妳認為是誰，我就可以把那個人整治得比妳現在更慘。」

他們心中出現了一個人……櫻滿春。

一個為了上位，不擇手段的女人。

「請問妳是一個……」日黑突然問這問題：「善良的人嗎？」

容秀棋沒法直接回答他。

我們每一個人都認為自己是善良的，因為我們會找無限個藉口去把「做過的惡事」說成迫不得已。

潛移默化，慢慢我們都會覺得自己是一個善良的人。

可惜，那只是最噁心的自我催眠。

心底裡，我們從來也不是善良之輩。

「我一點都不善良。」容秀棋笑了。

「說出自己真實的一面，那就對了。」日黑也在冷笑。

「你要什麼回報？」容秀棋問：「要錢？」

「錢我多的是。」日黑也不作掩飾：「我要她的……『秘密』。」

日黑接著說：「櫻滿春的秘密。」

容秀棋再次笑了，她的笑容，不禁讓人肩頭發顫。

Chapter 10

恐懼

Horror

1

「貪是人性，不貪是經驗。」

很多經濟學的書籍中，都有這一句說話。

意思就是說，因為貪過才知道不貪的結果與好處，所以不貪心就是經驗累積下來的成果。

才怪。

大多寫這些文章的人，都是成功了的「騙子」，他們不貪是因為已經貪夠了，一世也毋須再用貪來賺取更多的金錢，才會寫出這句說話。

真實的寫法是……「貪是本性，不貪是已經貪夠了。」

人類的本性，是不會改變的。

那些人已經財富自由，享盡榮華富貴，才會教人別要「貪」。

我們都生活在那些成功人士製造的世界中，然後聽著他們的胡言亂語，以為他們會教你如何去賺錢。其實，他們只不過是比別人更好運而已，何來「教導」呢？

「要走出舒適圈！」

是廢話。

「要改變社恐的習慣！」

是廢話。

「要擴大圈子接觸不同界別的人！」

都是廢話。

不是每個人都外向，別要用外向者的想法，加諸於內向者的生活。有些人就是不喜歡走出舒適圈、社恐、不喜歡接觸不同界別的人。

為什麼要改變一個人本來的性格？要去跟隨那些天生就是外向、天生有進取心、天生就不怠慢的人？

其實那些「上進」的人，擁有這些性格，不就是因為父母把他生下來就有這些特質嗎？

由精子與卵子結合那一秒，人的潛在性格已經決定了。

說到底，都是因為……**運氣**。

因為有運氣，一出生就有如此的特質，才會成為別人所謂的成功人士。

白日黑很早已經領悟到這一點，所以他從來也不會小看那些不上進又社恐的人。

同時，他知道，那些「很上進」的人，要如何去對付。

日黑擁有的金錢，從來也不用來炫耀，因為金錢有更重要的用途。

就是用來……收買別人。

收買那些很想上進、很貪錢、很愛體面的物質主義者。

金錢只是讓他的復仇計劃可以順利進行，沒有其他用途。

他的想法扭曲？

對，也許對於正常人來說，他是扭曲的，不過，別忘記讓他性格扭曲是什麼原因。

如果可以給日黑選擇，他寧願平凡地生活，而不是走上現在這一條路。

走上這條佈滿鮮血的復仇之路。

……

……

一星期後。

曲玄玄自慰的影片被放上各大色情網，連茅燦柴的色情網也不例外。

因為虐待李小美與神棍詐騙的事件，現在根本就沒有人會可憐她，甚至有人說那段色情影片，都是她在自導自演博取同情。

女的都在批評她的為人，男的就對她的影片評頭品足。

曲玄玄每天都只留在家中，神神經經的借酒消愁，所有人的電話也不接，一個人被痛苦折磨。

彩粉沒有傷害他的身體，卻徹徹底底……**摧毀了她的心靈**。

繼纏習山後，曲玄玄的人生已經……玩完。

Horror

「踩罪黨」只餘下四人。

只要掌握一個人的「黑歷史」，要摧毀一個人，易如反掌。

你不相信嗎？

那你想想自己最黑暗的過去與歷史，如果被人揭發了，你會有什麼結果？

也許，你比纏習山與曲玄玄更慘烈。

比死更難受。

2

錦田公路。

一個被棄置的廢車場。

男人被帶到這裡進行……私刑。

他就是五年前第一個接觸白日黑的男社工！

鄧鏡夜吩咐張大輝調查白日黑身邊所有有關人等，當中包括了這位討厭白日黑的男社工。

一支大光燈打在他的臉上，張大輝、柄勇，還有他們的手下，一起看著跪在地上的男社工。

「我真的不知道他在哪裡！」男社工哭訴：「別說見面，那個變態的白日黑，我才不會跟他接觸！」

「是這樣嗎？」柄勇一腳踢向他的胸口，社工翻了一個筋斗。

「那你知道他有接觸其他人嗎？」張大輝蹲下來看著他。

Horror

「之後有另一個社工跟進他的個案！」男社工痛苦地說：「他叫陳細豪！往後日子，白日黑就再沒有換過另一個社工！」

柄勇與張大輝對望了一眼。

「放過我吧！我什麼都不會說！冤有頭債有主，白日黑的事跟我完全無關！」男社工大叫。

「放你嗎？當然沒問題！跟我來！」

「你要帶我去哪裡？」

柄勇跟手下把男社工帶到廢車場的劏車房內，原來，另一個男人早已被帶到這裡。

鄧鏡夜坐在椅上，看著那個被鐵鏈吊起，打到半死的男人。

他就是侵犯鄧美秀的……張田馬老師。

張田馬只餘下半條人命，鄧鏡夜當然不會這麼輕易讓他死去。

「鄧生。」張大輝走向了鄧鏡夜：「這個男社工沒可疑，不過有新線索。」

「可以放了他？」柄勇說：「我相信他不會亂說話。」

「放？」鄧鏡夜手托著頭，然後做了一個手勢：「把電鑽拿給他。」

其中一個黑衣人手下，把電鑽掉到男社工的面前。

「幫我鑽穿他的……下體。」鄧鏡夜看著張田馬：「鑽三個洞。」

「不……不要……」男社工看了張田馬一眼，然後再看看地上的電鑽：「我做不到……」

「你做不到我就找人來鑽你。」鄧鏡夜說：「看看你想怎樣？」

「不要！！！」

男社工知道他們不是在說笑，立即拿起了電鑽走向張田馬。

其他手下已經把張田馬的褲脫下！

「別要……求求你……」半死的張田馬在哀求男社工。

「我不鑽你……他們就會對付我……對不起……」

電鑽的聲音響起，就如死神的樂曲。

張田馬繼續求饒，男社工手上的電鑽已經在他的下體附近！

他看著縮起的那話兒，男社工的手一直在抖震！

「不……不行……還是不行……」男社工沒有勇氣鑽下去。

鄧鏡夜立即站起來走向他們！他一手搶過電鑽，另一手捉住男社工的頭髮！

「什麼叫不行？！我來教你！」

鄧鏡夜把男社工的頭推向張田馬的下體！完全沒有半點猶豫，電鑽插入了張田馬的下體！

「呀！！！！」張田馬痛苦地大叫。

血水、尿液與不知明的液體，濺在男社工的臉上，他感覺到暖暖的溫度！

鄧鏡夜沒有停止，轉穿一個洞後，他繼續鑽第二個洞！

全場的人都看到面容扭曲，因為他們都是男人，知道被鑽下體會有多痛苦！

鄧鏡夜不停地鑽鑽鑽！直至兩粒圓圓的東西，從張田馬的下體掉下來！

張田馬已經昏迷不醒。

男社工看著已經完全爛掉的下體，被嚇到半死，癱軟在地。

「媽的，這麼簡單還要人教！」鄧鏡夜把男社工推開。

這樣就結束了嗎？

不，鄧鏡夜才不會這麼簡單就放過性侵自己女兒的男人。

「柄勇，用水潑醒他。」鄧鏡夜掉下電鑽，用泉巡音送他的手巾抹去手上的血水。

「是⋯⋯是⋯⋯」柄勇不敢怠慢，吩咐手下拿水。

「他醒了後，你們每人用機油搽在他的傷口上。」鄧鏡夜說：「直至他斷氣為止，我要他死前的一秒都要他媽的痛苦。」

什麼是「虐待人類」的魔鬼？

張大輝看著鄧鏡夜的樣子，莫名感到一陣戰慄。

他就像看到真實世界存在的魔鬼！

Horror

3

一個慈善活動的記者會。

大批記者包圍著櫻滿春，他們沒一個人問有關慈善活動的問題，全都在追問曲玄玄的事件。

「我也沒想到玄玄會做出這種事。」櫻滿春眼泛淚光：「我很痛心，她一直也在欺騙我。」

「這樣說，妳現在是跟曲玄玄割蓆嗎？」

「她真的沒告訴妳自己在呃神騙鬼？」

「妳們不是好姊妹嗎？為什麼妳什麼也不知道？」

記者不斷追問，而且全都是尖銳的問題，櫻滿春根本沒法回答。

「對不起，暫時我們不想再談論曲玄玄的事。」經理人走了出來：「今天的記者會就這樣結束吧。」

現場的保鑣保護櫻滿春一眾人離開，來到後台。

「曲玄玄真的是沒好帶挈！」經理人說：「滿春妳記得別亂回答問題！」

櫻滿春點頭，她有一點心不在焉，因為她知道在曲玄玄身上發生的事，跟纏習山一樣，大有可能是白日黑一手做成。

她自己將會是下一個目標？

她非常擔心自己奮鬥多年的事業就此毀於一旦，櫻滿春才不會坐以待斃，一定要快點找出白日黑他們，然後把事情……了結。

就算要對方死，也不能影響她的人生！

後台其他人都非常忙碌，櫻滿春卻呆呆地看著化妝鏡中的自己。

她無意間發現，在她的化妝枱上放著一個包裝精美的盒子，櫻滿春隨手就打開來看……

「呀！！！」

「滿春！發生什麼事？」

盒內放著一支……用老鼠嬰兒浸的酒！

十數隻沒有毛的肉色乳老鼠，被浸在透明的瓶子中！

Horror

後台全部人也看著櫻滿春的方向！

經理人立即把酒拿開，在盒中還有一張字條，字條上寫著……

「**喜歡我為妳準備的嬰兒老鼠酒嗎？**」

經理人看著櫻滿春。

「滿春，我想我們這個月的全部工作，需要暫時取消。」

為什麼經理人這樣說？

字條的內容，跟櫻滿春有什麼關係？

看著那瓶老鼠酒，櫻滿春……心中有數。

……

…

.

九龍塘大宅。

茅燦柴從醫務所回來後，一直把自己鎖在房間之內。

他的兩個手下在房間外守衛著。

「最近老闆發生了什麼事？」手下說：「色情網被黑客攻擊他又不理，而且性愛派對生意已經跌了一半。」

「天曉得。」另一個男人說：「不過老闆最近好像買了很多神佛擺設，不知道是什麼原因。」

茅燦柴房間內。

放滿了各種神佛擺設，還有大大小小不同的佛牌，如果不知道，還以為這裡是買佛牌的店舖。

茅燦柴吸著毒品，瑟縮一角。

在他的腦海中，不斷出現紅色噴漆的那句文字……

「**你把我埋在哪裡？**」

他明明就知道是日黑他們攬的鬼！不過心中有鬼的他，總是覺得是華紫涵的怨靈在作祟！

「對不起……對不起……我當時無心的……無心的……」

只有毒品可以讓他暫時得到安寧。

不過，問題是他所說的「無心之失」，事實真的如此？

4

五年前，一次機緣巧合下，茅燦柴再次遇上華紫涵的媽媽華寧，而且茅燦柴發現她身邊有一個已經十五歲，亭亭玉立的女兒。

她就是華紫涵。

一直缺乏父愛又反叛的華紫涵，最喜歡流連夜店，正好被茅燦柴碰上。

茅燦柴引誘她來到一個秘密地點，給她吃了過量的毒品，然後強姦了她。

這樣說，茅燦柴不知道她是自己的女兒？

茅燦柴有跟華紫涵聊過她母親的事。當年，茅燦柴拋棄了懷孕的她，華寧本來可以打掉華紫涵不生她下來，卻因為狠不了心所以沒有這樣做。

茅燦柴可以計算到日子，華紫涵跟自己絕對有關係，他大概已經知道……

華紫涵很大機會就是自己的女兒！

充滿獸性的他，還有什麼沒試過？

沒有人性的禽獸，最後做出比真正禽獸更可怕的事。

華紫涵一直反抗，茅燦柴捏著她的頸，最後華紫涵窒息而死。

華寧發現女兒幾天沒回家，她從華紫涵的朋友口中得知，華紫涵去了茅燦柴所開的夜店後音訊全無。

當年，華寧去找茅燦柴，他卻說沒有見過華紫涵。

不過從茅燦柴閃縮的眼神間，華寧知道他在說謊，華紫涵一定有跟他接觸過！

華寧沒有放棄，繼續找尋女兒的下落，終於從一個夜店員工口中得知，華紫涵曾被茅燦柴帶走。

可惜茅燦柴死口不承認，而且還說如果華寧再騷擾他，別怪他不客氣。

最後，華寧也沒法找到華紫涵。

她心中知道華紫涵的失蹤，一定跟茅燦柴有關，最初她也不肯承認女兒已經死去，不過，時間久了，她已經失去希望。

一定是茅燦柴這禽獸把她殺死！一定是！

她懷著極重的恨意繼續生活，直至五年後，白日黑眾人找上了她，對於華寧來說，好像再次出現曙光一樣。

就算找不到人，她也想找到女兒的屍體，把她好好安葬。

……

……

.

大宅中的茅燦柴，手機響起，他看到來電人名後立即接聽。

「師傅！」茅燦柴高興地說：「現在怎樣辦？」

來電是一位茅山師傅，茅燦柴一直也有跟他聯絡，也做過幾場法事。

「我知道你現在的情況。」茅山師傅說：「只有一個方法可以解決問題。」

「是什麼？要多少錢我也會給你！」

「不是錢的問題，而是你。」

Horror

「我？」

「你要親自去挖出死者的屍體，然後……」茅山師傅停頓了一會：「一把火燒掉！」

他解釋，因為邪靈陰魂不散，茅燦柴需要親自把邪靈的屍體毀滅，才可以得到真正的解脫。

「你找個時間，放心，我會叫我最得力的弟子陪你完成整場火刑法事。」茅山師傅說：「什麼錢之類的，完事後再談，最優先是解決你的問題。」

茅山師傅不知道屍體是茅燦柴姦殺的女兒，茅燦柴才不會告訴他，師傅只是為他提供方法。

「你想什麼時候？」師傅問。

茅燦柴完全沒有猶豫：「今晚！就在今晚！」

5

深夜，上水古洞。

茅燦柴駕車來到了古洞，他約好了師傅的弟子，在水塘坑公廁等待。

夜闌人靜，別說是人，也許連鬼也不會來這荒蕪之地。

茅燦柴下車後來到公廁前，公廁對出的光管一閃一閃，讓氣氛更加恐怖。

他一直在抽煙，非常緊張。

直至他抽到第十二支煙之時，一個戴著防曬面紗帽的男人走向了他，茅燦柴沒法看清楚他的樣子。

「茅生你好，我是師傅弟子。」弟子說：「因為之後進行法事儀式，我不能露面，請見諒。」

「是不是一把火燒了她的屍體，我就安枕無憂？」茅燦柴根本不在意他的外表，只擔心自己。

「對，火刑法事完成後，怨靈將會灰飛煙滅。」弟子說。

「那我們快走！」他拿起一把鐵鏟。

他們一路沿著草叢旁的小路前進，很快已來到了古洞水塘附近。

古洞水塘是一個心形湖，非常浪漫，不過，今晚卻變成了滿滿的詭異。

他們來到一棵大樹下。

華紫涵的屍體，就是被埋在這裡。

「茅生，我感覺到死者的怨氣非常大。」弟子看著手上的羅庚：「只有枉死的怨靈才會有這麼重的怨氣。」

「她怎死跟你沒關係！」茅燦柴說：「現在我只想把屍體燒掉！燒死她！」

「請問她是你的親人嗎？即是有沒有血緣關係？」弟子說：「因為做法事時我要知道這些。」

茅燦柴呆了一樣看著他：「媽的！不是！她不是我的親人！」

「那她是怎樣死的？」弟子問。

他生氣地抽起弟子的衣領：「我都說關、你、屁、事！」

「沒問題沒問題！不說也罷！」弟子帶點驚慌：「好吧，我會在你附近作法，你動手吧。」

茅燦柴開始用鐵鏟在大樹下方挖，弟子就在旁作法。

不知是巧合還是怎的，冷風吹起，陰風陣陣。

良久，茅燦柴終於挖出一個大洞，他們看見了……一隻已經變成白骨的手。

「找到了！找到了！」茅燦柴沒有理會頭上的汗水繼續挖。

直至他挖出了一個人類的骷髏骨頭顱！

它就是華紫涵的屍體！

只能活到十五歲，死後被棄屍荒野，埋在泥土之下的華紫涵！

「去你的！別來找我！燒死妳！燒死妳！」他像瘋子一樣抱起了骷髏骨頭對著它說。

弟子看著茅燦柴的行為。

「快點作法！還是我直接燒死它？」茅燦柴問。

弟子沒有回答，只是靜止看著茅燦柴可怕的表情，他心中發毛。

「喂！你聾了嗎？」茅燦柴怒斥。

「你連死人也不放過嗎？」弟子說。

「什麼意思？」

「你這隻禽獸……」弟子慢慢脫下了面紗帽：「自己的親生女兒死後都不放過？」

弟子是陳細豪！

茅燦柴驚愕地看著他！

其實，日黑一早已經收買了那個茅山師傅！

他一直的計劃，就是要用「恐懼」來引導茅燦柴走到今天，然後找到華紫涵的屍體！

「**什麼錢之類的，完事後再談吧，最重要是解決你的問題。**」

茅山師傅曾跟茅燦柴這樣說，只不過他也因為錢而出賣茅燦柴！

什麼鬼妖神佛也許都可以相信，也可能存在，不過，最不能相信的是……人類！

6

「為什麼……」茅燦柴站了起來。

突然！草叢有人衝向了茅燦柴！

她手上的水果刀狠狠地插入了茅燦柴的腹部！

茅燦柴完全來不及反應！他手上的骷髏骨頭掉到地上！

他看著出手攻擊自己的人，她是……華寧！

華紫涵的媽媽！

「畜生！快去死！」華寧憤怒大叫。

她拔出水果刀，再次插入茅燦柴的身體！

「為什麼……」茅燦柴用力把她推開：「為什麼會是妳？去死的人是妳！是妳！」

茅燦柴拔出自己身上的水果刀，反過來插向華寧！

就在最危急的一刻，一個人向著茅燦柴起飛踢！茅燦柴整個人被踢到向後翻，倒在地上！

白日黑這一腳不輕，茅燦柴痛苦地在地上掙扎！

「很久不見了。」日黑跟他說。

在月色下，茅燦柴看清楚他的樣子，知道他就是白日黑！

此時，華寧抱著華紫涵的頭顱痛哭。

「是媽媽不好！是媽媽害了妳！」華寧的淚水不斷留下：「對不起！對不起！」

或者，不知情的人看到這樣的場面，會覺得非常詭異，不過，當知道箇中原因，就會感受到那一份痛失至愛的悲痛。

彩粉走向了華寧，擁抱著她。

她明白華寧的痛苦、她的不甘、她的煎熬，現在她終於找到了女兒的骸骨，至少可以替她好好安葬。

「放……放過我……」茅燦柴向後爬，血水不斷在他身上流出：「不是我做的……」

「當你做著那些沒人性的事時，你有放過別人嗎？」日黑拾起了水果刀。

他一腳踏在茅燦柴的下體！茅燦柴痛苦地大叫！

「十六年前，你是最用力踩我的人！」日黑奸笑，他的眼神帶著強烈的恨意：「怎樣了，感覺到我當天的痛楚嗎？」

「不……不要……」

「當年你對一個只有八歲的女孩，又做了什麼？」彩粉怒斥。

「不是我做的！不是！」

日黑把水果刀再次交到華寧的手上。

「現在有兩個選擇。」日黑對著華寧說：「一是把他殺死來祭妳在天上的女兒，二是讓法律制裁他。」

「我們已經有證據證明華紫涵是由他所殺！」仁甲補充：「他怎樣也逃不掉！」

華寧接過了水果刀，她呆呆地看著刀身的血水。

日黑與彩粉一起擁抱著她。

「我們也曾被這人渣傷害過，不過，我們把決定權交給妳。」彩粉說：「別要怕，無論妳怎樣選擇，也代表痛苦的過去已經……結束了。」

Horror

華寧看著在地上痛苦掙扎的茅燦柴。

他們三個曾被他徹底傷害的人，一起看著茅燦柴。

如果你是華寧，會怎樣選擇？

你會怎樣對付一個曾姦殺自己女兒，女兒死後還要燒屍的人渣？

也許在華寧的腦海中，已經出現了答案。

以暴易暴不對？

或者，在一個「健全」的社會中是不對的；不過，我們身處的是一個充滿「缺陷」與法律漏洞的社會。

當年，日黑就是因為被冤枉，由受害者變成加害者。

當年，彩粉的父母收了錢，讓她沒有在法律面前說出真相。

當年，因為茅燦柴有財有勢，最後姦殺了自己女兒，也不用得到應有的懲罰。

請問，什麼才是對？什麼才是錯？

在皎潔的月色下。
血水從茅燦柴的喉嚨流出……
這天，他在自己死去的女兒面前……
被割喉殺死。

Horror

7

一星期後。

當天，警方收到報案，在上水古洞水塘旁邊發現了一具人體骸骨，後來證實死者是五年前失蹤的華紫涵。

警方在骸骨被埋的地方附近，發現了華紫涵的水晶甲，甲上留有茅燦柴的血液DNA，警方懷疑，當時受害人華紫涵反抗，弄傷了兇手而留下的血液。

同時，警方亦在附近發現茅燦柴的汽車，確認當天他曾到過上水古洞。

屍體現場也有屬於他，新的血跡。

報案的人就是那個收了錢的茅山師傅，從電話記錄中，可以找到茅燦柴去古洞前曾跟他電話聯絡。

茅山師傅也說出茅燦柴想燒屍的行動，當然，他不會說是他教茅燦柴這樣做。

而仁甲也一早做了手腳，所有可以拍到他們去向的攝錄機，都不會出現他們的蹤影。

事件曝光後，茅燦柴卻失蹤了，沒有人知道他的去向。

沒有人知道他已經死去。

傳媒大肆報道，估計是茅燦柴畏罪潛逃，更有人說是華紫涵的鬼魂作祟，讓茅燦柴回去埋屍現場燒毀死者屍體。

報道中沒有說明華紫涵是被姦殺，這也是日黑的想法，他不想華紫涵死後，姦殺一事成為話題，而且他們的父女關係也沒有曝光，他不想被傳媒利用來大做文章。

為了收視，傳媒無所不用其極，他們最懂用死人去賺取點擊率。

同時，日黑他們也不想華寧受到二次傷害。

茅燦柴的色情事業完全崩潰，色情網站已經下架，色情活動也全部停止運作，而跟他工作的員工，為了錢開始大爆色情活動的富商名單。

這樣也好，把華寧的二次傷害視線，轉移到其他的畜生身上。

曾參加過色情活動的富商人人自危。

Horror

應有此報。

茅燦柴最後去了哪裡？

也許只有在場的幾個人才知道，又或者只有……**浪漫的古洞水塘知道**。

日黑把足夠的錢送給華寧，讓她可以把華紫涵好好安葬，同時，鼓勵華寧重新開始新的生活。

華寧非常感激日黑，希望他的復仇計劃可以順利完成。

一個用盡任何殘忍手法也要報仇的男人，卻得到別人的感激。

請問是誰對？誰錯？

或者就只有當局者才會知道答案。

……

……

·

西貢陸記士多。

仁甲與細豪在準備下一次的復仇計劃。

「我在想……」細豪說：「其實日黑好像在幫助別人報仇一樣，無論是纏習山侵犯過的女生、曲玄玄虐待過的小美與助手，還有華紫涵的母親華寧，他們都因為日黑與彩粉才可以報仇，讓罪有應得的人得到懲罰。」

「的確是這樣。」仁甲點點頭：「可以說是一舉兩得吧，替自己報仇同時幫助別人。」

「我們現在是不是可以叫做……」細豪說：「報仇協會！口號就是君子報仇，十年未晚！」

「看來你已經愛上現在的工作了。」仁甲說：「你還記得最初是怎樣想的嗎？」

「我記得。」細豪看著白板上餘下的目標：「也許我內心還是覺得冤冤相報何時了，不過，卻有一種大快人心的感覺！」

「那些人渣是該死的。」仁甲說。

「對，他們是該死的！」細豪看著仁甲的螢光幕：「你在做什麼？」

「是時候了。」仁甲笑說：「日黑說，是時候把『事件集合起來』了。」

Horror

「什麼意思？」

細豪看著仁甲所寫的內容。

「突發！最近發生的案件，禽獸醫生纏習山、淫亂神棍曲玄玄，還有殺人埋屍茅燦柴，都曾就讀早前被張志萬校長引火自焚燒毀的皇家美術學院！他們曾自稱為『踩罪黨』，當中有六人！在他們身上發生的事跟當年有關？其他的三人身份又是誰？」

「差不多是時候，把他們一網打盡了！」

Chapter 11

寵物

Pet

1

十多年前，日黑在監獄中，讀過一本名為《商君書》的書籍。

《商君書》提出「馭民五術」：貧民、辱民、愚民、疲民、弱民，是中國古代秦國施行的治國政策，主要是用來控制人民。

簡單來說，就是「民弱國強，民強國弱」。

日黑決定用這「五術」來設計他的復仇計劃。

由控制人民換成了對付仇人。

「貧民」，纏習山沒法再依靠整形醫生來賺錢，而且還要負上侵犯客人的法律責任。

「辱民」，放出曲玄玄的自慰影片，讓她受辱，永不能再在鏡頭前見人。

「愚民」，讓迷信神佛的茅燦柴找出殺害華紫涵的屍體，把他玩弄於鼓掌中。

六個「踩罪黨」，兩個瘋了，一個失蹤。

日黑他們的下一個目標又會是誰？

無論是誰也好，其餘三人的人生，也許即將出現巨變。

沒法挽回的巨變。

……

…

.

仁甲依照日黑的指示，放出了當年「踩罪黨」的消息。

傳媒很快已經找出其餘三人就是櫻滿春、島朱乃與鄧鏡夜。

在美術學院曾遭受他們欺凌的人，紛紛出來現身說法，有真有假，整件事被炒得熱烘烘。

同時，已經有人用「報仇」來形容這次的事件。

這樣不會影響白日黑的復仇計劃？

才不，這正是他想要的結果，全都是白日黑的計劃之內。

「疲民」。

白日黑要他們幾個人疲於奔命，到任何地方也會被追問當年的事件。

當一個人過度疲勞，就會容易出錯。

事件曝光後，對從商的鄧鏡夜還未有很大的影響，對島朱乃和櫻滿春的影響卻非常大。

尤其是櫻滿春，怎說她也是一個公眾人物，曲玄玄的事件後，她的形象已經被醜化。櫻滿春當然否認全部事件，不過，酸民才不會放過她。

經理人公司甚至發出律師信，控告在網上誣衊與詆毀櫻滿春的網民。

看得最高興的，除了當年曾被「踩罪黨」欺凌的人，當然還有白日黑他們幾個，細豪甚至有一份伸張正義的感覺。

現在「踩罪黨」的過去曝光，也代表著白日黑再不是「在暗」，不過，他已經準備好走出黑暗的世界，直接迎戰。

鄧鏡夜他們為什麼不向警方供出全是白日黑所為？

因為他們不知道白日黑還知道他們哪些不見得人的「黑歷史」，他們不會借助警方來找尋白日黑，他們已經決定……自己解決問題。

與白日黑的想法一樣，法律沒法制裁他們，那就用自己雙手把他們推進地獄！

當然，警方也會追查，根據纏習山與曲玄玄提供的資料，已經鎖定了白日黑與柔彩粉二人，問題是暫時也沒法找到他們。同時，只是纏習山與曲玄玄二人的片面之詞，也沒有實質的任何證據。

把纏習山帶到西貢效外的人是白日黑？他們沒有證據。

入侵曲玄玄家的人是柔彩粉？已經被陸仁甲做了手腳的閉路電視，什麼也沒有拍到。

茅燦柴的失蹤，也沒有人知道是白日黑他們的所為。就算現在白日黑被帶到警局，警方也不知用什麼罪名起訴他。

跟當年不同，現在的白日黑已經有能力對抗那些強權與法律，不再像當年一樣任人魚肉。

這十六年來，白日黑完全沒有白過，甚至是比其他人過得更充實。

為了報仇過著充實的日子。

2

四季酒店豪華套房。

把自己包得像中東婦女的島朱乃，戴上了太陽眼鏡來到套房。

這幾天，她的相片與資料被放上各大社交平台，成為了公眾人物。她一直也嚮往成為別人討論的對象，不過，不是現在這樣的情況。

「臭雞、大奶老女人、賤人……」各種形容她的用詞，快要把她逼瘋。

今天她來到酒店就是為了見一個人。

見那個將要對付他的男人，白日黑。

日黑打開了大門，豪華套房充滿格調，柚木地板與灰色沙發非常配搭，而且還能在落地玻璃看到維港景色。套房內，只有日黑一人。

他走向了島朱乃，貼近她的身體。

「你想做什麼？」島朱乃煞有介事。

日黑舉高雙手，在他手上是一個偵測偷聽器的裝置。

「只是看妳身上有沒有偷聽器。」

他繼續用偵測器像隔空撫摸島朱乃一樣偵測著，島朱乃帶點生氣。

「沒有！沒有偷聽器！」

「我現在相信妳了。」偵測器沒有發出警報：「請坐。」

「我來得這裡，你還不相信我？」島朱乃囈語般低聲碎唸。

「手機。」日黑說。

島朱乃拿他沒輒，把手機掉在茶几上。

「妳已經出賣過我一次，我小心一點也正常吧？」日黑坐到沙發上單手托著頭看著她。

這次，也是日黑聯絡島朱乃見面，島朱乃來赴會的原因，因為她知道如果日黑要對付她，根本就不需要見面。

要她見面，代表了自己還有利用價值。

這是一場心理戰。

「他們幾個都是你弄成現在這樣！」島朱乃說的是纏習山等人：「一定是你！」

「別要亂說，我也覺得很可惜，本來想約你們一起吃飯。」日黑噗哧一笑：「何況，妳有什麼證據？」

「快說吧！你想我做什麼？」島朱乃說：「你的錢我可以還給你！」

「別傻了，我給妳錢就是……」日黑奸笑：「就是要妳有入帳記錄，如果我有什麼事，妳也是同謀。」

「什麼？」

原來，日黑早早就想到利用這一點。

這就是「日黑知道島朱乃最初並不會跟自己合作，也願意把錢給她」的原因。

這都是島朱乃貪心之過！

「我才不是同謀！」

日黑用力地抓著她的胸部，島朱乃呻吟了一聲。

「我都說過了，無論妳跟多少男人上床，也不會得到我未來給妳的錢那麼多。」日黑說：「我們現在才是真正的合作吧。」

「你想怎樣？」

「你兩個好姊妹。」日黑說：「不需要跟男人上床，已經得到妳一世夢寐以求的生活，妳不妒忌她們？」

島朱乃沒有說話，用一個嫌棄的眼神看著他。

「曲玄玄已經瘋了，妳應該不想跟她有同樣的下場吧？」日黑說：「只要妳願意對付櫻滿春，妳將會得到意想不到的金額。」

島朱乃終於知道日黑叫她來的原因，日黑要利用她來對付櫻滿春！

如果她不合作，不知道日黑會如何對付她；但如果她合作卻被櫻滿春發現，她就是同謀！

而且日黑還有她收錢的證據！

這次島朱乃真正的……騎虎難下！

「妳很喜歡養寵物嗎？」日黑拿出手機打開了她的IG：「妳那隻新養的灰色小貓很可愛。」

「那又怎樣？」

「其實，妳不也是他們的寵物？」

3

十六年前，美術學院一個空置課室。

「踩罪黨」六人正在課室休息，他們正為今天找不到人欺凌而煩惱。

不過，每當這樣的情況出現，他們其中一人就會成為了被戲弄的對象。

如果要說他們六人之中，家族最有財有勢的，是鄧鏡夜與櫻滿春。他們的家族在香港非常有影響力，而曲玄玄與纏習山的家族雖然沒他們這麼有錢，不過也不能小覷。

只有茅燦柴與島朱乃，他們在中產家庭出生，對於另外四人來說，都只不過像是……跟尾狗。

茅燦柴非常聰明，總是會附和其他人，有時還會提供色情影碟，就算要戲弄也不會輪到他。

餘下的島朱乃就成為了他們玩弄的對象。

「島乃啊！倒奶啊！島朱乃妳的奶子真大！」茅燦柴奸笑：「來讓叔叔摸一下！」

「才不要！」

「怕什麼？」纏習山捉住她的手臂：「我想看看燦柴摸到勃起！哈哈！」

「男生真無聊。」櫻滿春沒有理會他們：「玄玄，我們看看那本星座運程書。」

「好！」曲玄玄笑說：「乃乃妳就慢慢享受了！呵呵！」

櫻滿春與曲玄玄根本不在乎身份比她們低下的島朱乃，她們走到一旁。

茅燦柴的手已經伸向了島朱乃，此時，鄧鏡夜捉住了茅燦柴的手。

島朱乃以為他要救她時，鄧鏡夜說。

「只摸上面怎會有高潮，當然要上下其手。」鄧鏡夜說得非常輕鬆，他還一面看著茅燦柴送他的色情雜誌。

「鏡夜果然是老手！哈哈！」

茅燦柴雙手做著不軌的動作，島朱乃發出了呻吟聲。

此時，正好一個校工走進來，他本想來空置課室偷閒，卻發現他們六人，校工當然知道他們就是「踩罪黨」，不能得罪，立即轉身離開當什麼也沒看到。

「對不起。」校工準備關上大門。

「等等！」鄧鏡夜叫停了他：「燦柴一點都不好玩，看看他勃起才好玩！」

鄧鏡夜指著那個校工。

「你有摸過學生妹嗎？」鄧鏡夜奸笑：「現在給你一次機會，嘰嘰！」

此時，櫻滿春與曲玄玄發現了有好玩的，走了過來。

「乃乃妳有福了！嘻嘻！」櫻滿春笑說：「有男人要摸妳！」

「濕濕的！哈哈！」曲玄玄面帶淫笑。

「真的可以摸嗎？」校工也笑淫淫。

「我們說可以就是可以！」櫻滿春看著島朱乃：「對嗎？朱乃？」

島朱乃只是不斷搖頭，她不敢違背他們的意思。

她看著校工骯髒的雙手，慢慢伸入她的校裙內……

……

…

豪華套房內。

「妳呆什麼？」日黑問。

日黑說她也是寵物，痛苦的回憶瞬間出現在島朱乃的腦海。

「沒什麼！」她露出一臉煩死的表情：「妳要我做什麼？」

日黑拿出了一小瓶不知什麼的東西。

「這是什麼？」島朱乃問。

「這是讓妳永遠也不需要看她面色的好東西，只要一滴，櫻滿春這個名字將會成為……」

日黑噗哧一笑：「過去！」

島朱乃瞪大雙眼看著那瓶東西，日黑是要她……下毒！

4

中環心理治療中心。

「對不起，我沒法提供病人的資料。」何靈素說。

「是這樣嗎？」他風度翩翩微笑：「也很正常呢，我明白的。」

鄧鏡夜看著何靈素。

這次，鄧鏡夜親自出馬，接觸所有認識日黑的人物，找尋他的下落。鄧鏡夜來到了治療中心，他當然知道何靈素不會透露日黑的資料，不過從對話中，他感受到何靈素的態度帶點憤怒。

為什麼她會這樣？很簡單，她知道鄧鏡夜曾經對日黑做過什麼。

而日黑願意把自己的事告訴她，這代表了，何靈素跟日黑不只是醫生與病人的關係。

何靈素記得日黑說過：「如果有人來找我，要說我從來也沒有來過。」

可惜，她做不到，因為日黑是他的病人，她不能為了自己抹去日黑的存在，當然，她也不會多說日黑的資料。

「對不起，我先走了。」鄧鏡夜說：「這麼漂亮的心理醫生，我也是第一次見。」

「再見，不送了。」

鄧鏡夜還沒得到情報，這樣就走？

不，他的出現，就是最好的「情報」。

「監聽她在一小時內打出的電話。」鄧鏡夜走出門外跟張大輝說：「她一定會聯絡白日黑。」

「為什麼你這麼肯定？」

「因為主角出現了。」鄧鏡夜指著自己冷笑。

如果是其他人來查問日黑的事，何靈素絕對不會找日黑，不過，日黑說過的故事人物出現，何靈素不可能不聯絡日黑。

鄧鏡夜的心理戰，也許比什麼心理醫生更強大。

他沒有說錯，擔心日黑的何靈素，十五分鐘後，打電話給日黑。

一個只有幾個人知道，日黑的私人電話號碼。

……

…

.

同一時間，荃灣海灣花園某單位。

「請問你們是陳細豪的家人嗎？」一把沙啞的聲音。

他是柄勇。

「我是他的太太，有什麼事？」陳太說。

「媽媽是誰？」一把女孩的聲音：「爸爸回來了？」

她是細豪的女兒陳佩露，女孩看著門外的幾個男人。

「妳先回去房間。」陳太跟女兒說完，然後回頭：「你們是社區服務處的人？」

「對！」柄勇高興地說：「我們是細豪的同事！因為最近他辭職了，我們把他的東西送過來！」

他指著背後兩個人拿著的紙皮箱。

「細豪沒有跟我說過……」陳太說。

「只是小事，也許他沒告訴你，妳先開門吧，我們把東西放下就走了。」柄勇給陳太看看證件。

當然是偽造的證件。

陳太覺得沒什麼大問題，而且細豪從來也沒有得罪過人，他不會有什麼仇家。

她打開了鐵閘讓他們把紙箱放下。

「這些東西是爸爸的？」陳佩露問。

「對，都是你爸爸的文件，還有放在桌面的擺設，聽說好像是想送給妳的。」柄勇說：「想不想看看？」

「我想看！」陳佩露打開了紙箱，拿出了東西。

陳太看著那東西驚駭不已！

是一個爛掉的恐怖洋娃娃！

同一時間，手下已經從後用布掩著陳太的口鼻！她立即感覺到一股暈眩的感覺！

陳佩露看著媽媽倒在地上，她退後了一步！

「媽媽！」

「妹妹。」柄勇蹲下來：「叔叔帶妳去玩，跟我來好嗎？」

他臉上露出一個變態的笑容！

5

跟日黑見面後，島朱乃回到家中。

她像洩氣氣球一樣坐在沙發上，看著手上的一小瓶毒藥。

她回憶起日黑的說話。

「無色無味，不會立即發作，要三天時間才會被診斷為食物中毒。」日黑說：「她的死跟妳完全沒有關係，到時，妳扮成非常傷心，不就可以了嗎？」

「為什麼是我？」

「難道我可以接近櫻滿春嗎？」日黑說：「不是妳，還有誰？沒有人會發現是你下毒，而且完事後，我們永遠不會見面。」

日黑說出了所有對島朱乃的好處，包括了她所得到的巨額金錢。

「我意思是，我也是你們復仇的對象吧？」島朱乃問：「為什麼放過我？」

「這是彩粉的決定。」他摸著她的秀髮：「她很同情妳，或者妳也曾被他們玩弄過，對吧？彩粉覺得妳只是不想成為他們欺凌的對象，才會加入他們。」

島朱乃……被同情了。

一個曾被欺凌的八歲女孩，反過來可憐島朱乃，令她內心非常的生氣！

她真的像彩粉所說，是值得同情的人？

不，絕對不是。

她家中的斷腳貓走向了她。

「死開！」她一腳把貓踢開。

花貓慘叫了一聲，痛苦地走回自己的貓窩。

她現在的確沒有欺凌其他人，反而殘忍地虐待比她弱小的動物！

因為要吸引 IG 上的人說她有愛心，是她扭斷花貓的腳！

而另一隻新的灰色貓，牠沒有像花貓一樣走出來，牠的身體還很痛楚……

只因牠的尾巴被活生生的剪斷！

島朱乃在人類的世界沒法成為最高等、最上流的一群，不過，她卻自命可以操縱比她弱小的生物！

操控牠們的生死！

小貓用一個可憐的眼神看著島朱乃。

「你看什麼？連你也看不起我？」

她把桌上的雜誌掉向小貓，小貓痛苦地瑟縮在貓窩之中。

惡意。

人類未必是世界上最凶猛的生物，不過，惡意卻是萬物中最可怕的。

至少，兩隻被虐待的家貓，都不會覺得人類是……善良的動物。

突然，島朱乃想到一個點子，邪惡的笑容出現在她的臉上。

年紀不算輕的她，已經比不上那些露乳溝、露長腿，只有十來二十歲的少女吸引，如果她要在社交網絡上得到更多人的讚賞與留言，已經不能只靠身體與外表。

更何況，最近美術學院的事被揭發，她的形象已經跌落谷底。

她要……翻身！

「被毒死，我不就很傷心吧？一定有很多人來安慰我、支持我！」她在自言自語。

她那惡意的想法，已經沒有人可以阻止她。

島朱乃走到貓咪喝水的位置，然後……把毒藥滴在牠們的水兜之中！

劇本已經想好了，她邀請朋友來她的家，她不知道其中有一位是Hater，把自己最疼愛的兩隻貓毒死！

她看著兩隻可憐的貓，牠們從來也沒看過，這位奴才臉上會出現這樣疼愛牠們的笑容。

「為了我，你們去死吧。」

島朱乃笑著說。

6

晚上，高級酒店總統套房。

上次他們在此聚會，是因為櫻滿春得到最受歡迎女歌手，而這次完全不同，本來的六人，只餘下三人。

島朱乃、櫻滿春、鄧鏡夜今晚來到這裡，討論最近發生的事。

他們碰著酒杯，卻沒有從前的喜悅。

「我們應該很快可以找到白日黑。」鄧鏡夜說：「一個活生生的人，不可能在香港完全消失。」

「那個柔彩粉，找到她我一定要把她的眼珠挖出來！」櫻滿春非常生氣，紅酒一喝而盡。

她的憤怒，是因為收到老鼠酒？是因為失去了幾個朋友？還是因為被網上的 Hater 攻擊？

也許通通都不是，她憤怒的，是被別人玩弄於股掌之中！

「我早就知道燦柴姦殺了那個女孩。」鄧鏡夜說：「但不知道他把屍體埋在哪裡。」

「他去挖屍時，應該先通知你。」櫻滿春說：「現在他失蹤了！」

「不，大概他已經死了。」鄧鏡夜說：「現在他要對付的人，只餘下我們三個。」

氣氛突然變得死死的，大家也沉默下來。

「朱乃妳為什麼一直不說話？」櫻滿春說。

「沒……沒有。」島朱乃為她斟酒。

「其實當年是誰再去侵犯柔彩粉？明明我們當天已經用畫筆插入她下體，誰還沒玩夠，繼續做變態的行為？」櫻滿春問：「現在他們要來復仇了，要毀了我們的人生！」

她好像覺得用筆插下體是平常事，不是柔彩粉復仇的原因。

他們你眼望我眼，沒有人回答。

「天曉得，總之不是我。」鄧鏡夜站起：「我上廁所。」

「我最怕是瘋了的玄玄與習山又突然亂說話。」櫻滿春說：「傳媒一直沒有放過他們。」

「那不如殺了他們？」鄧鏡夜回頭說。

她們兩人也呆了一呆。

「說笑而已。」鄧鏡夜走進了洗手間。

此時，櫻滿春的手機響起，她接聽後跟島朱乃做了一個「我出去聽聽電話」的手勢。

島朱乃點頭，看著她走向露台的方向。

機會來了！

她從手袋中拿出了日黑給她的一小瓶毒藥，正當她準備在紅酒下藥時，她猶豫了一下。

「我真的要這樣做？」她在腦海問自己：「怎說她也是我的朋友、我的姊妹……」

然後，她想起一直以來，櫻滿春口說當她是姊妹，其實根本就沒一秒看得起她！跟男人睡而賺錢的島朱乃，跟妓女有什麼分別？

她知道櫻滿春一定是這樣想！

毒藥滴入櫻滿春的紅酒內，不到半秒，液體完全融入。

「沒事的……沒事的……不會立即發作……根本就沒有人知道是我做的！」島朱乃在心中

叨唸。

很快，櫻滿春聽完電話回來，鄧鏡夜也從洗手間走出來。

「公司要我停止三個月的宣傳活動！他媽的！」櫻滿春說。

「別要生氣，都市人都很健忘的，也許很快就會忘記了。」島朱乃勉強擠出了笑容：「我們來乾一杯，祝盡快找到白日黑！」

他們一起拿起酒杯碰杯。

島朱乃心跳加速，她看著櫻滿春把毒酒喝下……

她不禁露出了一個邪惡的笑容！

就在她以為完成日黑的任務之時……

櫻滿春把口腔中的酒，全噴到島朱乃的臉上！！！

7

島朱乃知道酒下了毒藥，她慌忙地抹走面上紅酒！

同一時間，鄧鏡夜用一條白布包著手，從她的手袋中找到了那瓶毒藥！

「真的有。」他掉到島朱乃的面前。

剛才鄧鏡夜去洗手間，其實是打電話給櫻滿春，他們一早已經夾好，讓島朱乃獨處，然後從早已安裝好的針孔攝錄機，看看島朱乃是否真的下毒！

「我沒……沒有……」

島朱乃還未說，櫻滿春已經拿起了酒樽轟在她的頭上！島朱乃被打到頭破血流！倒在沙發上！

「賤人！想毒死我？」

櫻滿春的表情非常可怕，跟在觀眾面前的她有天淵之別！

「妳要殺我嗎？殺死我嗎？」她咬牙切齒：「我們這麼多年朋友，妳要來毒死我？！」

她繼續用酒樽轟在島朱乃的頭上！把憤怒完全發洩！

島朱乃已經滿面血水，昏迷過去！

櫻滿春還未停手，直至鄧鏡夜捉住她的手腕，她才停了下來！

「夠了！停！停手！」鄧鏡夜大叫。

島朱乃的半邊頭顱已凹陷，或者已經當場死去！

鄧鏡夜也感覺奇怪，不只是島朱乃要毒殺櫻滿春，現在，櫻滿春反而更像要殺死島朱乃一樣。

當中，一定有什麼原因。

沒錯，白日黑曾說過。

「**要攻破一個『團隊』，首先，就是要他們互相猜疑，然後就會互相出賣。**」

就如他們第一個報仇對象張志萬與他的女兒張梓綺一樣，讓兩父女「鬼打鬼」。

不過，這次更是用在「踩罪黨」身上。

《商君書》的馭民五術。

「弱民」。

因為六人中已經有三人遭到報復，讓「踩罪黨」身陷自保的心理之中。日黑削弱了他們之間的關係，要他們互相猜疑，然後……互相出賣！

櫻滿春掉走手上染滿血的酒樽，用島朱乃帶來的高級披肩抹走手上的血水。

「是她先想毒死我，不關我事。」她冷冷地說：「我們這次聚會中，她沒有出現過，處理掉她。」

然後她走向洗手間，鄧鏡夜看著她的背影。

鄧鏡夜知道，一直以來，櫻滿春也在島朱乃的背後說她是「臭雞」，只當島朱乃是他們幾個人的「寵物」，但他沒想到，櫻滿春會對島朱乃下如此的重手。

為什麼櫻滿春會這樣做？

而且她知道島朱乃下毒的事？

因為，她也像島朱乃一樣，收到了「任務」……

一個不能不殺掉島朱乃的原因。

……

……

日黑找上島朱乃的同一時間。

櫻滿春收到了容秀棋的訊息，約她見面。

她們本屬同一唱片公司，容秀棋比櫻滿春早出道幾年，新人時她們曾是好朋友，直至櫻滿春慢慢紅起來，在公司與歌迷之間，開始出現了惡性競爭，她們二人也逐漸疏離。

直至容秀棋被下毒失聲，同年櫻滿春成為了最受歡迎女歌手，她們已經沒有再聯絡。

下毒的人，的確就是櫻滿春。

可惜容秀棋根本沒有任何證據，而且被後起之秀趕過後，說出被她下毒的說話，一定會反被當成妒忌，又或是幫自己宣傳，反而會成為被唾罵的一方。

她只能吞聲忍氣，漸漸退出她的音樂事業。

不過，容秀棋手上有一個櫻滿春的最大的「秘密」。

當天，日黑來找容秀棋，就是想知道櫻滿春的秘密。

能夠把櫻滿春推進地獄的事件。

Chapter 12

青春

Youth

1

櫻滿春來到了容秀棋的家。

她當然知道不會是什麼好事，不過，身為前輩兼朋友的容秀棋約見面，櫻滿春決定赴約。而且這次是容秀棋被下毒後，首次約她見面，如果櫻滿春不去，感覺就像是心裡有鬼一樣。

櫻滿春來到了容秀棋位於赤柱的家，不過在她家中第一個見到的人，不是容秀棋，而是……

「妳真人的皮膚比上鏡更靚啊！妳那首《沒有忘記你》真的超好聽！」她高興地說：「妳認得我嗎？」

淡淡的眼影，讓她的眼睛顯得更加深邃，她是柔彩粉。

十六年前，當年彩粉只是一個八歲的女孩，即使現在她已經亭亭玉立，櫻滿春對她當然有印象。

經歷過茅燦柴他們三個人的事件後，櫻滿春才不笨，她想立即離開，回到有保鑣的車上。

「啊？招呼也不打嗎？」彩粉說：「那我就將妳的黑歷史公諸於世！」

櫻滿春停了下來，回頭道：「容秀棋聲音的事，跟我完全無關！」

「啊？妳是不是作賊心虛？不過，我想妳誤會了。」彩粉可愛地說：「我說妳的黑歷史，是老、鼠、酒！」

彩粉聽到「老鼠酒」三個字，瞪大了雙眼。

「賤人，原來是妳！」

櫻滿春衝向彩粉想給她一巴掌，卻被彩粉捉住了手腕！

「當年我沒法反抗妳，被妳用畫筆插入下體……」彩粉的眼神非常邪惡：「現在不同了，別以為還可以跟從前一樣！」

彩粉用力把櫻滿春的手掏開。

「只要我打出一個電話，妳將會死在這屋內！」櫻滿春恐嚇她：「在我車上的保鑣，一定會把妳煎皮拆骨！嘻嘻！」

「我還是勸妳別要這樣做。」彩粉走向了她，在她的耳邊說：「不然，長沙暉明黑市醫院的資料會被外洩呢。」

櫻滿春整個人也陷入迷惘之中。

「妳的皮膚真好！」彩粉輕輕在她面上撫摸：「也許就是妳的『秘密』來源吧。」

長沙暉明黑市醫院，是一間專門做黑市墮胎與人工受孕的醫院，當年櫻滿春也曾去過這間醫院做手術。

為什麼彩粉會知道這件事？

當年櫻滿春與容秀棋還是好姊妹時，櫻滿春曾跟容秀棋提過護膚的秘訣，她不小心說漏了嘴，提出了一個可怕的方法，就是滅絕人性的……

人類胎兒湯。

當時容秀棋也非常驚訝，不過櫻滿春最後說只是笑話，自己才不會這樣做。

但後來容秀棋發現櫻滿春有段時間經常回大陸，明明就沒有登台，為什麼經常回去？最初容秀棋還以為櫻滿春在內地有男友，偷偷密會，後來，因為是同公司，無意之間從她當年的助手得知，櫻滿春是去了長沙的一間黑市醫院。

容秀棋沒法證實，櫻滿春去這所醫院是所為何事，因為容秀棋沒有像日黑他們復仇的堅決，也沒有他們所擁有的財富。

日黑也曾說過：「只要有貪心的人，世界上沒有真正的秘密。」

他使用了大量的金錢，在內地找人幫忙調查，查到了櫻滿春去這黑市醫院的原因。

她不只是用墮胎後的胎兒做成補湯，她比滅絕人性更沒人性⋯⋯

2

赤柱富豪海灣。

「最初我們以為妳只是去墮胎，這也很正常吧，一個剛剛起步的歌手，不能因為懷孕而放棄事業。」彩粉說：「不過我們沒想到妳竟然為了青春……」

「收聲！」櫻滿春怒吼。

彩粉把一份櫻滿春在黑市醫院的報告，掉在櫻滿春面前。

櫻滿春看到封面上「長沙暉明醫院」的名字，心知不妙。

櫻滿春究竟做了什麼事？

墮胎的人不是她，而是其他的女人。

吃其他女人死去的胎兒已經夠變態，不過櫻滿春為了青春，更是噁心至極！

她吃的是自己的胎兒！

櫻滿春以試管嬰兒的人工受孕方法，製造出冷藏的胚胎；因為她年輕，能夠製造出大量的卵子受精，然後，把胚胎植入其他女生的身體內，成為代母。

懷孕四至五個月，女生就要強制施行人工流產；而死去的胎兒，就成為了櫻滿春抗衰老養顏回復青春的「**美食**」！

造成補湯、排骨，還有美味的內臟補品！

世界上真的有人願意吃下這種食物？而且還是由自己的胚胎培植出來的嬰兒！

不，不是沒有，櫻滿春為了自己的青春與美貌，做出這滅絕人性的行為！

女人為了年輕、為了美貌、為了逆齡，可以有多瘋狂？

就算多瘋狂也好，也許，沒有一個比櫻滿春更狠毒！

「我不知道妳柔嫩的皮膚跟這有沒有關係，不過，我可以肯定……」彩粉指著她：「妳是世界上最噁心的最受歡迎女歌手！」

「我不知道妳在說什麼！」櫻滿春還在反抗。

「那好，我立即把這份資料發給傳媒！」彩粉拿出了手機。

櫻滿春一手把她的手機打掉，掉落地上！

「妳想要多少錢？」櫻滿春問。

「我才不是要錢呢！」彩粉走到她的身邊：「我只想妳幫我對付一個人！」

櫻滿春沒有回答，等待彩粉說下去。

「今天，將會有一個人想……毒死妳！嘻！」彩粉說得非常輕鬆。

「什麼意思？」

「一個妳多年的好姊妹，她已經被白日黑收買，今晚將會下毒把妳毒死！」

此時，櫻滿春手機響起，是島朱乃的 WhatsApp。

「今晚要不要見個面？我還會叫鄧鏡夜一起來。」

「看來，她比妳更心急呢。」彩粉說：「妳就看看她今晚會否下毒，如果她跟妳說出我們指使她下毒的事，就當是我們輸了，輸給妳們多年的友誼！但如果她什麼也不說，然後下毒……」

櫻滿春在盤算著，驚人的想法油然而生。

「如果島朱乃真的照我們計劃行動，妳就……殺了她！」彩粉繼續說：「只要妳依我們的意思去做，妳那些變態資料將會在世上永久消失！而且還可以殺死一個將要毒死你的人，一舉兩得！」

彩粉是在利用櫻滿春的思考邏輯去說這段話。

櫻滿春的生存之道，就是……

人若犯我……我必犯人！

「我先走了！」彩粉說：「別要找人跟蹤我啊，不然，跟妳玩的遊戲立即結束！妳將會身敗名裂！」

櫻滿春的腦袋一片空白，眼巴巴看著彩粉在自己面前消失。

……

‥

·

總統套房洗手間內。

櫻滿春正在清洗手上的血水，她看著鏡中的自己，那一個只會在獨處時出現的自己。

她竟然……猙獰地笑了！

彩粉會不會兌現承諾她根本不會知道，不過，她可以肯定，島朱乃想把她毒死，她完全不能原諒！

島朱乃死去，其實她並沒有半分的傷感。

她一直也看不起的女人，死了又如何？

「殺死妳是因為妳先想殺我。」櫻滿春對著鏡中的自己說：「我有什麼錯？」

她在自圓其說。

每個犯錯而死不悔改的人，都因心中住著一頭可怕的心魔……一直扭曲思想！

3

此時，鄧鏡夜在外敲門。

「我進來了。」他隔著手巾拿著那瓶毒藥：「應該死了，放心，會有人處理屍體。」

「嗯。」櫻滿春簡單的一聲。

然後，鄧鏡夜從後擁抱著她：「看來，最後餘下我們兩人了。」

「你不會像她一樣出賣我吧？」櫻滿春問。

「妳說呢。」鄧鏡夜吻在她的耳背：「我認識妳比巡音更久，妳不知道我的心意嗎？我的小情婦。」

他們兩人一直隱藏著曖昧的關係，不只是其他人沒發現，就連「踩罪黨」其他四人也不知道！

櫻滿春人工受孕取出的卵子，當然要精子才可以成為受精卵；而提供精子的人，絕對要是一個優秀的人。

借種的人，就是鄧鏡夜！

「那瓶毒藥是白日黑交給島朱乃的，應該會有他的指紋。」鄧鏡夜在她耳邊說：「也許我們可以編個故事什麼的，把所有事都嫁禍給他。」

櫻滿春沒有回答他，回身跟鄧鏡夜激吻。

鄧鏡夜用力地把她的上衣拉下，櫻滿春也解開他的皮帶扣，慾火焚身的他們，已經急不及待！

一個多年的朋友才剛被殺，她們卻在洗手間……做愛！

也許，沒有人比他們更可怕……

更變態了。

……

……

…

凌晨時份。

島朱乃的家門打開，當然，不會是她本人回來。

「沒問題，沒有任何鏡頭拍到妳。」她的 AirPods 傳來了仁甲的聲音：「不過，妳要快一點，因為保安員偷懶回來的時間大約還有十五分鐘。」

「十五分鐘嗎？足夠了！」彩粉說。

她為什麼要來島朱乃的家？

是為了牠們。

「貓貓，你們好！」彩粉蹲了下來看著兩隻出現飛機耳的貓：「別怕，我是來帶你們離開地獄的！」

兩隻驚慌的貓，卻沒有對彩粉有太大的敵意，彩粉很輕鬆就把牠們收入了貓袋之中。

也許，就連貓也知道繼續住在這裡，牠們不會有好結果。

如果島朱乃遇害，兩隻貓咪就沒有人照顧了，所以彩粉決定要拯救牠們。

「好了，我們走吧！」

Youth

「喵～」被折斷腳的三腳叫了一聲。

「啊！對，忘了自我介紹，我叫柔彩粉，將會是你們的新主人。」她想了一想：「不，是新的奴才！」

但問題是島朱乃已經給牠們吃下毒藥了，兩隻貓很快會死去，彩粉根本不知道喪心病狂的島朱乃會這樣做。

不過，看來擔心也是多餘的，因為……

……

……

．

第二天早上。

鄧鏡夜的手機響起。

「鄧生，那瓶你說的毒藥，鑑證科的確發現了白日黑的指紋。」張大輝說。

「很好，這就是他想毒死櫻滿春的證據。」鄧鏡夜說。

「不，指紋是白日黑的，不過……」張大輝欲言又止：「瓶中不是什麼毒藥，只是一些營養液體。」

鄧鏡夜瞪大了雙眼，沒有說話。

他沒想到白日黑連這一點也計劃好，利用假的毒藥來引櫻滿春殺死島朱乃。

「算了，我們手上還有『皇牌』。」

「對，這次一定可以引他出來。」

4

西貢士多。

雖然日黑對付島朱乃的計劃成功了，不過，他們沒法高興過來。

昨天日黑收到了何靈素的電話，他知道鄧鏡夜已經找上門。

當有人找上何靈素，證明鄧鏡夜已經向日黑身邊的人埋手，這是「預警」的測試。當然，何靈素打給日黑的私人手機號碼，仁甲已經進行了加密，不會被發現位置。

日黑吩咐何靈素這幾天先離開香港，同時跟她說明了利用她來做「預警」的事，日黑以為她會非常生氣，沒想到何靈素竟然說：「我知道了。」

她沒有怪責日黑利用自己，反而非常配合他。

或者，何靈素早就想幫助日黑，自己是甘願被利用。

何靈素那邊的事解決，不過，更讓他們措手不及的是⋯⋯「預警」的計劃失敗了。

日黑沒想到鄧鏡夜會「同時」行動，把細豪的女兒捉走了。

細豪已經回家陪伴太太，他們有向警方報案，不過，還未找到女兒陳佩露的下落。

鄧鏡夜沒法找到日黑，卻向日黑身邊的人埋手，這是日黑最害怕的情況。

日黑的確一直利用身邊的人，不過，他沒法做到「絕情」，只要他還留有感情，復仇計劃就不會進行得順利。

因為他沒法坐視不理。

除了何靈素打給日黑的私人手機號碼以外，鄧鏡夜與櫻滿春應該可以從島朱乃手機找到白日黑的手機號碼。不過，日黑的手機沒有收到他們的來電，這證明了鄧鏡夜他們正在等待日黑聯絡他們。

要一個一直躲起來的人聯絡他們，某程度就是**鄧鏡夜的勝利**。

日黑思考著下一步計劃。

「日黑……」彩粉抱起了被剪尾的小貓。

他做了一個手勢叫彩粉別說話。

同一時間，日黑的手機響起，是細豪。

他沒有接聽電話。

日黑正在掙扎嗎？他不能坐視不理，同時，他不想破壞自己多年來的計劃。

他不知道如何向細豪交代？所以不接電話？

日黑在想什麼？

現在六個人中，已經有四個人得到應有的懲罰，但還不夠。

「島朱乃……會不會已經被殺了？」仁甲打破沉默。

「以櫻滿春的性格，島朱乃不可能活過來。」彩粉分析。

「那就只餘下鄧鏡夜與櫻滿春了。」仁甲說：「不過現在細豪的女兒在他們的手上……」

此時，日黑站了起來，他接聽了電話，未等細豪說話，他已經說。

「我不會讓你的女兒有事，絕對不會。」

……

……

三十分鐘前。

細豪在家中接聽了一個打給他太太手機的電話，那人是鄧鏡夜。

「你快把佩露還我！」細豪非常激動。

「什麼佩露？我不明白。」

「別裝傻了！」

「她的年紀跟那時的柔彩粉一樣嗎？」鄧鏡夜明知故問：「不知道那些『悲劇』會不會重演呢？」

「你……別要亂來……」細豪的表情非常驚慌，聽得張口結舌。

陳細豪太太李若曦看到細豪驚慌的表情，也不禁流淚。

「我才不會亂來。」鄧鏡夜笑說：「我要白日黑來找我，妳的女兒就可以安然無恙。」

細豪沒法說出話來。

「對，你應該已經報警了嗎？」鄧鏡夜說：「由現在開始，我們的事都是秘密，如果有其他人介入，佩露的手指將會一根一根的寄到你家中。」

「求求你別要傷害他！求求你！」

本來扮作有威勢的細豪終於崩潰，他沒法像日黑一樣堅強，只能向鄧鏡夜求饒。

「叫他聯絡我吧，再見。」

鄧鏡夜說完後，電話掛線。

他究竟想到了什麼計劃？

5

第二天早上。

鄧鏡夜與櫻滿春同時召開了一個緊急的臨時記者會。

櫻滿春說出自己被威脅的事件，她收到了虛假的資料，全都是有關長沙暉明黑市醫院的偽造文件。

什麼吃人類胎兒、借種、代母通通都是虛假的內容，櫻滿春聲淚俱下，演技滿分。

他們要……先發制人。

日黑想利用他們的「黑歷史」，現在反過來被他們兩人利用。

她把自己的事件先曝光，讓日黑沒法利用這來威脅她。

櫻滿春承認年輕時曾做過欺凌別人的壞榜樣，不過，她說的都只是一些簡單的惡作劇，而且她長大後已經完全改變。現在卻有人利用這些過去破壞她的形象，甚至踐踏她的人生。

「別要用這些毫無人性的虛假報道，摧毀我的人生！」

頭條出現了櫻滿春這句充滿痛苦的說話。

而且她還說，身邊已經有三位朋友遇害，櫻滿春不想成為下一位。

她在賣弄可憐，就如情緒勒索一樣，如果某些人繼續用言論攻擊櫻滿春，將會被人唾棄。

記者追問她是否已經知道誰是行兇者，櫻滿春沒說出日黑的名字，反而說已交由警方處理。

整個記者會，櫻滿春由「被告」變成了「受害者」，她當然知道當中的風險，不過，她已經沒有任何的選擇。

另一邊廂。

鄧鏡夜也在鄧氏貿易大樓舉行了臨時記者會。

「我收到了勒索信件，是一段後製加工的影片。」鄧鏡夜說：「只有七歲的我，在嬰兒房用一個枕頭把我的弟弟焗死……」

他雙手托著頭扮作悲哀。

「為了對付我，誣衊我殺死我最愛的弟弟！」鄧鏡夜略帶憤怒：「對付我不緊要，但我弟是無辜的！而且當年我就只有七歲，怎可以做出這樣的事？」

日黑把影片發給了鄧鏡夜？

才沒有，他只是在把真實發生過的事說出來！不過，卻用「後製加工」的說法，把影片說成是偽造的錄影。

他知道當年的畫質，都不過是低解像度的閉路電視畫面，現今的科技，的確可以偽造出來。

鄧鏡夜把真相說成虛假的偽造影片！

他還說已經掌握到勒索人的資料，是一個曾在她家工作過的女工，他所說的當然就是珍姐。

現在「受害者」變成了「被告」！

無論鄧鏡夜有沒有收到那張光碟的內容，他先把全部的事公諸於世，這樣日黑掌握他的「黑歷史」將會無用武之地。

鄧鏡夜與櫻滿春已經想好了計劃，他們不讓日黑捉住自己的狐狸尾巴！

同日下午。

警方收到附近居民報稱，荔枝窩對出淺灘發現一具女性屍體，屍體的頭部嚴重凹陷，驗屍後證實她就是……島朱乃。

鄧鏡夜的計劃改變了，他本想利用那瓶毒藥說是日黑教唆島朱乃下毒，不過鄧鏡夜沒想到櫻滿春會把她打死，而且瓶內的根本不是毒藥，他決定改變計劃。

警方在死去的島朱乃手袋中，發現了一瓶藥丸，而瓶上還留有……白日黑的指紋！

他要把島朱乃的死，嫁禍給白日黑！

6

晚上警方在鯉魚門三家村附近的破屋，發現了另一具屍體。

一個吊頸自殺的女人，她就是……桃大珍，珍姐。

在她的遺書中說明了自己就是勒索者，因為她看了鄧鏡夜早上的記者會，知道自己的罪行已敗露，最後畏罪自殺。

真是畏罪自殺？

才不是，珍姐是被他殺，而殺死她的人就是鄧鏡夜。

幾天前，柄勇終於找到了珍姐多年來匿藏的地點，然後下手將她殺死，做成吊頸自盡的假象。

是誰報案？珍姐真的是自殺？有沒有他殺的可疑？

通通的問題已經沒有人追問，因為跟張大輝一樣被收買的「黑警」，已經確認珍姐是畏罪自殺，正好證明早上鄧鏡夜記者會的內容。

現在就算日黑把影片交給警方，也沒法證明鄧鏡夜當年就是親手殺死弟弟的兇手。

人證、物證全都毀滅了。

……

……

鄧鏡夜的大宅內。

他們的女兒鄧美秀已經熟睡，大廳中只餘下鄧鏡夜與泉巡音。

在幼稚園中，鄧美秀被性侵犯的事，鄧鏡夜沒有告訴她，而且張田馬已經被他處理掉。

如果說日黑不擇手段報仇，鄧鏡夜的「狠毒」更是過之而無不及，或者他為了自己，甚至可以把身邊最親的人殺掉。

「你們身邊發生的事……」泉巡音問：「都是日黑所為？」

一直以來，泉巡音也不想提起日黑，不過現在事態變得嚴重，已經不能不提了。

「應該是他，不過妳放心，他不可能再有什麼行動，我會處理。」鄧鏡夜喝了一口紅酒。

泉巡音露出一個擔心的神情，她是在擔心鄧鏡夜？她自己？還是……白日黑？

十六年前，白日黑入獄後，鄧鏡夜是第一個前來關心泉巡音的人。最初泉巡音懷疑鄧鏡夜有什麼居心，但慢慢相處，泉巡音感覺到鄧鏡夜是真心的，她當時還愛著日黑，不過她決定接受鄧鏡夜，因為這樣，她的生活才可以真正的改變。

她沒有選擇錯，現在的她已經是羨煞旁人的貴婦，有一個非常幸福的家庭。

她的心中還是覺得虧欠著白日黑嗎？

或者，只有她自己才知道。

泉巡音當時沒有出庭作證，證明日黑的為人，其實她知道日黑不會做出這可怕的事。當年她非常的痛苦，那種感覺就像身體深處發出的悲鳴，最後，她還自私地選擇了鄧鏡夜。

最初的幾個月，泉巡音也有去過監獄探望日黑，後來，她再沒有出現過。

沒有對與錯，每一個女人都希望跟一個可以給自己幸福的男人在一起，而不是等待一個被監禁十年的男人。

櫻滿春把青春押在那些胎兒之中，而泉巡音把青春押在鄧鏡夜之上。

當然，她一直也不知道櫻滿春跟鄧鏡夜的關係。

「今早你在記者會所說的事……」泉巡音說。

「都是那個珍姐想勒索我的謊言，也許是白日黑要她這樣做。」鄧鏡夜說：「怎樣了，妳不相信我？」

「不，我相信。」她依靠在他的胸前：「鏡夜，你要小心，我不想你遇上什麼危險。」

「不會的，我已經有計劃。」

鄧鏡夜看著酒杯中的紅酒，杯上反映出他冷笑的樣子。

「日」與「夜」的對決。

也許，現在才真正開始。

Chapter 13

遊戲

Game

1

報應主義。

又稱刑罰報復主義。

是德國哲學家伊曼努爾．康德（Immanuel Kant）主張的哲學思想，他強調刑罰的施加在於報應，對於犯罪之惡，應以刑罰處之。

以惡報惡的方法，在道義上是允許的，而且不需要更多的理由，這樣才會對犯罪有阻嚇的作用。

那個強姦少女的人，應該要閹割。

那個兇殘的殺人犯，應該要判處死刑。

當我在監獄讀到康德的文章時，我心中出現一份熟悉的認同感，原來十八世紀已經有一個人，跟我的想法一樣，而且是一位偉大的哲學家。

我的復仇計劃開始了。

我知道復仇不會如此的簡單，一定會出現很多意想不到的變化，不過，我不能退縮，一定要完成復仇的計劃。

此時，黑犬就出現了。

我不知道他是我幻想出來的，還是真實的存在，黑犬經常會跟我聊天，有時會鼓勵我，有時又會取笑我，他成為我最好的朋友。

我知道自己不是人格分裂，黑犬不是我，而是我的朋友。

「現在怎樣辦？細豪的女兒在他們手上，還有他們的『黑歷史』也沒有作用了。」黑犬問。

「犧牲細豪的女兒？」我說。

「你過得自己那一關？」黑犬最清楚我的為人。

我沒有說話，只看著灰灰的天花板。

本來，我的計劃是公開「踩罪黨」的當年的事件後，自願向警方協助調查，因為我知道自己會是警方鎖定的其中一個嫌疑犯。

我已經不需要再隱藏在黑暗之中，而且就算協助調查，他們也沒法調查到什麼，所有事我已經安排好，這樣反而讓我得到清白。

不過我的計算忽略了一點。

島朱乃被殺，我跟彩粉也預計得到，因為吃嬰兒胚胎的櫻滿春，是絕對會做出這些事的女人。六人之中，是她親手把畫筆插入彩粉的下體，當年櫻滿春只有十六歲，已經可以這麼狠毒。

彩粉不會忘記當時櫻滿春嘴角翹起的滿足笑容。

我看著有關島朱乃死亡的網上新聞，警方已經鎖定了疑犯，我想他們所說的就是我。

是假毒藥瓶上的指紋。

我沒想到櫻滿春殺了島朱乃後，會把我造成殺害她的兇手，我應該早要想到。

他們絕不是這麼容易對付的人物。

不過，就算有我的指紋又如何？我可以編個理由說接觸島朱乃只是給她賣營養藥，而且那瓶根本不是毒藥。

等等……

「他們為什麼要這樣做？」我問：「他們明知就算捉到我也沒有證據起訴我，而且我相信他們跟我一樣，想親自來對付我，而不會將我交到警方手上。」

「因為他們為了未來日子可以……有更合理的理由殺死你？」黑犬說。

「有這樣的可能。」

他們殺了島朱乃，有一萬個方法可以讓她「永遠失蹤」，我甚至覺得他們必定會這樣做，偏偏，他們把島朱乃的屍體棄置於沙灘，還有，留著有我指紋的藥瓶。

纏習山、曲玄玄一定有跟警方說過，是我跟彩粉的所為，不過他們沒有任何的證據，而茅燦柴更加不用說，他們連他是生是死也不知道，現在，卻出現了一個死者……

「我想到了！」黑犬說：「他們要把你對付他們六人的事，連串起來！」

的確有這可能。

但為什麼他們要這樣做？

2

此時，彩粉走進了我的房間。

「仁甲睡了，兩隻貓咪也睡了。」

彩粉穿著性感的吊帶背心與內褲，明顯是剛洗完澡，她像蛇一般纏著我的頸，擁抱著我。

「我明天去找鄧鏡夜。」我說：「我要救出陳佩露。」

「我陪你一起去。」

「不行。」我嗅到她護髮素的香味：「細豪也有跟我說過想跟我去，我拒絕了。」

「為什麼？」

「珍姐已經死去，我不想你們任何一個人出事。」我臉上出現了悲哀的表情：「而且如果我有事了，你們要替我報仇，不是嗎？」

「我才不替你報仇。」她吻在我的耳背：「我們要一起完成復仇計劃。」

我看著她笑了。

「對，明天妳要幫我做一件事。」我說。

「是什麼？」

然後，我說出了另一張「皇牌」。

彩粉非常驚訝，她沒想到還會有這一後著。

也許是……天意。

她答應了我的請求。

來到現在，我們已經摧毀了「踩罪黨」中四個人的人生，彩粉跟我一樣，不想就這樣放棄。

我們一定要把鄧鏡夜與櫻滿春的人生徹底摧毀。

「還有……泉巡音。」彩粉好像讀懂我心中的說話。

不知道是她出於妒忌，還是感覺到我心中還有這個人，她像在提醒我一樣。

「對，還有她。」

彩粉用力地咬了我耳朵一口，我感覺到痛楚，她沒說半句，轉身離開了。

Game

我明白她的意思，彩粉就像跟我說：「你真的下得了手嗎？」

我……真的下得了手嗎？

……

……

第二天早上。

我聯絡上他。

這次是我與鄧鏡夜十六年來首次對話。

「終於聽到你的聲音了，像老鼠一樣藏頭露尾的白日黑。」鄧鏡夜笑說。

「你想怎樣？」我冷冷地說。

「嘿，你竟然問我想怎樣？」鄧鏡夜說：「是你突然出現破壞我們的生活。」

「你們捉了陳細豪女兒陳佩露去哪裡？」我問。

我是有心這麼清楚地說出名字，我想我們都應有電話錄音，這樣鄧鏡夜沒法把錄音交給任何人。

鄧鏡夜停頓了一會，他好像知道我的想法。

「是你殺死了茅燦柴？」他不笨，跟我用相同的方法。

而且他沒有說殺死的是島朱乃，因為島朱乃是他們所殺，鄧鏡夜不想有任何的出錯。

只是跟他談一次電話，已經充滿了……**心理戰**。

「殺死了誰？我不明你說什麼。」我說。

「真巧，我也不明白你說什麼陳細豪的女兒。」他冷笑：「我想約你見面，只有你一個人，時間、地點我會發給你。」

「好，等你訊息。」

沒有多說半句，鄧鏡夜掛線。

「怎樣了？」仁甲在我身邊緊張地問。

「他約我一個人見面。」我說。

「一定是陷阱！」彩粉擔心。

「沒事的。」我微笑拍拍她的頭：「我們也不是沒準備的。」

然後，我跟仁甲說：「你幫我追蹤所有跟鄧鏡夜有關係的人。」

「現在有點難，因為他們做了加密。」仁甲說：「沒問題，我會嘗試！」

我點點頭。

「現在我先要去一個地方。」

「去哪？」

「去見細豪。」

我的手機響起訊息的聲音。

我收到了地圖的位置，地點是一個叫*聖比得住宿之家的地方。

「今晚凌晨三時，不見不散。」

＊聖比得住宿之家大廈，原址是一間小學，「聖比得」因而得名，詳情請欣賞孤泣另一作品《劏房》。

3

深水埗茶餐廳。

細豪明顯沒有好好睡過，樣子非常憔悴與擔憂。

「日黑，你一定要救佩露！」細豪說。

「放心，我死也不會讓她出事。」我說出心理一直沒說的一句說話：「對不起。」

如果我不是叫細豪幫忙，佩露不會遇上現在的危險，我的確有責任。

細豪完全沒有怪責我之意，他拍拍我的手背：「不是你的錯，要怪就怪那些毫無人性的人！」

說到這裡，他的樣子看似快要哭出來。

我不懂得安慰別人，不過，我一定說到做到，無論如何我也要把佩露帶回細豪的身邊。

然後我把一樣東西交到他的手上。

「這是……」

「之後你就不需要幫助我了，可以跟太太與佩露去過好生活。」

我給他的是一個冷錢包，裡面的加密貨幣資產，絕對足夠他們一家過上富裕的生活。

細豪看著我：「日黑……」

「沒問題的。」我說：「佩露也不會有事。」

細豪低下頭，點點頭。

安排好一切以後，我跟細豪道別，然後，我駕車來到那天看著美術學院大火的地方，現在美術學院已經成了廢墟。

一切的開始，就在這裡。

如果當時我沒有入讀這所美術學院、如果我沒有遇上他們六人、如果我當天有阻止他們欺凌彩粉、如果我跟巡音……

「嘿，世界上沒有這麼多如果。」我在喃喃自語。

我的電話響起，是內地打來的電話。

「我已經跟她聯絡了，她說會配合我們。」彩粉說。

「很好，錢足夠嗎？」我問。

「足夠，她很窮，生活過得很差，當我說資助她未來的生活費時，她哭了起來。」彩粉說：「還說謝謝我們。」

「明白了。」

如果錢用來幫助有需要的人，那算不算是「收買」？有時，社會就是存在太多的灰色地帶。

「我會盡快完成，黑，你自己要小心！」彩粉帶點擔心。

「我會的。」

她在電話中給我一個吻後掛線。

最後的「皇牌」已經準備好。

我再次看著那個廢墟，或者……我們的計劃即將要成功了。

……

：

．

凌晨二時五十分，我駕車來到這裡。

香港是國際城市嗎？

其實香港還有很多鳥不生蛋的地方，不知道當時那些人是怎樣住在這裡？

我找過資料，聖比得住宿之家曾經是一間學校，後來改建為劏房宿舍，不過，因為發生了不幸的事，現在已經荒廢。

地點什麼的已經不重要，現在最重要是救出陳佩露。

我曾經見過陳佩露，她是一個樂天的女孩，就像最初的彩粉，我不能讓她跟彩粉有同樣的遭遇。

「日黑，放心，我一直陪在你身邊。」黑犬說。

「我知道，嘿。」

或者到死的一刻，黑犬也不離不棄的在我身邊。

我下車，看著連天台只有四層的大廈。

我走向我跟鄧鏡夜見面的地方。

4

三小時前。

聖比得住宿之家大堂。

我正等待著我的獵物，一隻像瘋狗一樣的獵物。

「鄧生，準備好了。」柄勇跟我說。

我看著螢光幕上，一個女生矇著雙眼，手被反綁在背後，她已經哭到沒有力氣，靜靜地坐在地上。

「白日黑他真的會來嗎？」柄勇問。

「一定會來。」我笑說：「我太了解這個人了。」

「鄧生，其實她只是一個女生……」張大輝在我身邊說。

我看著他，他低下了頭不敢正視我。

「你想說什麼？」我揮手叫他過來：「你意思是我很殘忍？」

「不是這意思……」

我一巴掌打在他的臉上，我的手也感覺到痛楚。

「我幫你還了一身賭債，然後你說我殘忍？」我用手巾抹手。

「鄧生，對不起。」張大輝說。

我就是最喜歡這感覺，什麼調查科警員？也只不過是我身邊的一條狗。

當錢可以收買世界上九成的東西時，就會發現「權力」的真正意義。

我欺凌與虐待其他人？

那又如何？因為我擁有比他們更多的錢，我想怎樣就怎樣，如果有個比我更有錢的人欺凌我，我也只會接受。

一直以來，世界都是以這套法則運行，無論是從前的皇帝與貴族，還是現在的資本主義世界，從來也沒有改變過。

我還未得到現在的權力時，也曾經舔過別人的鞋底，為了簽一份足以影響我整間公司的合約，我舔著那個女人又髒又臭的鞋底。

當然，後來那個女人死得很慘，被肢解後，掉入海餵魚。

這就是我生存下去的法則，從我親手殺死自己弟弟時，已經知道。

為什麼要殺他？

因為我知道，他長大後有機會威脅到我，就是這麼簡單。

本來依照我的法則，我的人生很順利，不過，白日黑的出現，一直把事情改變。

老實說，他們幾個變成怎樣，甚至被殺，我完全沒有任何感覺。從我們「踩罪黨」認識開始，我也只當他們是我的跟班與手下，就算是滿春，我也只是當她是偷情的洩慾工具。

他們變成什麼我也沒感覺，我最生氣的，是被白日黑牽著鼻子走。

一個性侵犯的罪人，憑什麼跟我對抗？

我跟他最愛的女人上床時，他過著監獄生活；我跟巡音結婚生小孩時，他在獄中連女人都沒法碰，白日黑有什麼資格跟我鬥？

他以為自己的計劃很順利嗎？他有沒有想過，根本就是我還沒有出手？

弄瘋甚至殺死我們的人嗎？其實我根本不在乎他們幾個的死活。

我有些矛盾。

其實，我不太想白日黑今晚出現，因為如果你連朋友女兒的性命也不顧，我會讚賞你的絕情。

有一點像我。

同時，我又很想見到你，因為這代表了你不像我一樣可以六親不認，而且你將會再次掉入地獄之中。

白日黑，你這個賤種，今晚以後，我保證，真心保證……

你會活得比死更難受。

5

凌晨三時正。

他推開了大廈的大門走進了大廈，不久，他已經來到了大廳。

「我來了！」日黑大叫。

此時，大光燈打在他的面上，他用手擋著強烈的光線。

「有十六年了，對吧？我們再次見面了。」鄧鏡夜走向了日黑。

日黑拿開了手，看著鄧鏡夜，他死也不會忘記他的樣子！

他很想向他揮拳，可惜日黑知道佩露還在他的手上，不能輕舉妄動。

「我在想為什麼你要向我們報仇？」鄧鏡夜繞著他踱步：「都十多年了，難道報仇真的這麼重要嗎？」

「這是我生存下去的動力。」日黑說。

不知道怎的，日黑很想對著他說出真實的想法，就像在終極仇人面前，終於可以躺開心扉一樣。

「原來如此，的確是很好的原動力。」鄧鏡夜在他耳邊說：「的確，你在監獄打手槍時，我把你最愛的女人睡了，你心中一定很痛苦。」

日黑緊握著拳頭。

「啊？不對！我記得你是性無能！打手槍也不行，哈哈！」

日黑已經沒法忍耐，他拿出一把左輪手槍指著鄧鏡夜的額頭！

「啊？你真的是有備而來！」鄧鏡夜不慌不忙：「不過，如果你現在殺了我，你也會死在這裡。」

日黑的額上同時出現了雷射的紅點，鄧鏡夜當然也早有準備。

「而且陳佩露也會跟你陪葬。」鄧鏡夜把日黑拿槍的手，輕輕撥走。

「快放了她，我跟她交換。」日黑說：「你想如何虐待我也可以！」

「就像你當年想救巡音一樣嗎？要做英雄？你一定是牢牢記住被我們欺凌的事，而且每晚發夢都會記起，嘰嘰！」鄧鏡夜賊笑：「誰說我要虐待你？我要跟你玩一個遊戲……**拯救遊戲！**」

日黑瞪大眼看著他。

「當年你沒法救柔彩粉對吧？現在我來給你多一次機會！」鄧鏡夜眼神非常邪惡：「不過，我想跟你說，別要誤會我，當年不是我性侵柔彩粉，如果是我，她應該已經死了！」

或者，鄧鏡夜沒有說錯，再次遇上鄧鏡夜之後，日黑知道當年如果是他的所為，柔彩粉不可能安然無恙活到現在。

「十六年後，現在我給你一個救人的機會。」鄧鏡夜傲然笑說：「這大廈分成三層，每層有八間房，她……**就在其中一間劏房！**」

同一時間，在日黑面前的一台電視機，畫面上出現了陳佩露的直播！

陳佩露只穿著內衣，被蒙上眼睛，雙手被綁在背後！不只是她，還有兩個男人在房間內，在他們的手上正拿著……水彩畫筆！

陳佩露將會跟彩粉一樣，遇上相同的遭遇！

日黑皺起眉頭看著螢光幕，那些痛苦的回憶再次湧入他的腦海！

當年他被叫到美術室……

當年他看著彩粉躺在血泊上……

當年他被兩個保安員制伏……

就在那一秒開始，日黑的人生被徹底摧毀！

日黑不禁全身哆嗦！

畫面中的兩個變態男人，開始向只有八歲的陳佩露動手！

「我不知你還在等什麼呢。」鄧鏡夜彎起嘴角：「還不快去找她，拯救她？時間無多了！」

聖比得住宿之家的廣播器響起，是房間內的聲音！

「你們想做什麼？！」蒙著眼的陳佩露說。

「別怕，叔叔會讓妳舒舒服服，嘰嘰嘰！」男人的聲音。

「不要！不要過來！」

日黑已經沒法思考更多，他要立即去救人！

6

「呀！！！不要！！！不要碰我！」

廣播器繼續傳來了陳佩露痛苦的慘叫！

我立即衝向劏房的方向，想走上樓梯！

現在是二十四份之一的機會……鄧鏡夜不可能讓我這麼容易找到陳佩露，整座大廈都傳來廣播器的聲音，我不容易聽得出聲音是從哪一間房間傳來！

所以他一定會把陳佩露收藏在比較遠的房間內！

三樓！

一定在三樓某房間！

正當我想走上樓梯之時，我停了下，額上的汗水滴下。

不對……

鄧鏡夜一定知道我會有這想法，他才不會把陳佩露藏在三樓，不會是三樓！

「把她的內褲脫下，讓我嗅嗅！我最喜歡女生的味道！哈哈哈！」男人猙獰地大笑。

「別要！別要！呀！」

我回頭，走向一樓的走廊！

一定是在一樓！而且鄧鏡夜不會這麼輕易被我找到陳佩露，是……尾房！

我立即奔向一樓走廊的盡頭！

佩露！妳要等我！我答應妳爸爸必定要救妳！

我看著108號房的門牌，用力地踢開木門！

「佩……」

劏房內，除了木書桌，還有一張被鐵絲網包圍的床，在牆壁被噴上了＊「窮三世」三個字，

然後……什麼也沒有！

＊窮三世，《劏房》角色，詳情請欣賞孤泣另一作品《劏房》。

佩露不是被困在這房間！

廣播器繼續傳出聲音：「先讓我舔舔妳的身體！」

「來吧，叔叔那東西變硬了，我已經等不到了！」

「不要！不要！」

我立即回身，踢開104號的木門……

也不在這裡！

我心急如焚，衝向一樓其他的房間！

痛苦的叫聲不斷在整個大廈傳來，我腦海已經空白一片，身體不斷做著同一個動作，就是踢開木門！

可惜，我把一樓劏房的木門全部打開，卻沒有發現正被虐待的陳佩露！

「別要怕，畫筆很舒服的！哈哈哈！」

「讓我來！讓我來插下去！」

佩露的哭聲充滿恐懼與痛苦，她現在根本沒任何能力反抗！

二樓！三樓！

我火速跑上樓梯！

現在已經沒有時間，只足夠搜索其中一層！佩露很快就會被下毒手！

二樓？還是……三樓？

……

……

……

同一時間，彩粉已經從內地回到香港。

在她手上拿著的東西，足以讓鄧鏡夜與櫻滿春永不翻身！

她一直打電話給日黑，卻沒有接聽，然後彩粉打給了仁甲。

「日黑他現在怎樣？」她問。

Game

「不知道，不過他已經去了約好的地點見鄧鏡夜。」仁甲看著電腦的地圖：「另外，我沒法聯絡上細豪。」

彩粉看著手上的東西，她心情非常複雜，她報仇的計劃即將成功，卻害怕日黑會有危險。

她看著沒有星的夜空祈求著。

「黑，你別要有事！」

……

…

.

二樓！

我已經錯了一次，不可能再錯！

一定在二樓，因為鄧鏡夜想到我會先去一樓，而我沒有發現陳佩露，一定會回到三樓去找她！因為最初我的想法，就是上三樓！

就因為如此，佩露不會在三樓的任何一個房間，他一定是被藏到二樓的某房間內！

鄧鏡夜要把我拖延到最後，不讓我救佩露！

「呀！！！救我！！！」

痛苦的叫聲讓我起了雞皮疙瘩，我一定要盡快去救佩露！

同時，我的手槍已經緊握在手！

7

我一定要……殺了那些變態的男人！

殺了那些為了自己的慾望，什麼也做得出的禽獸！

「妹妹，現在我要把畫筆插下去了……」

已經沒時間，我在二樓踢開房門，沒發現，然後我又快速去到另一房間繼續踢門！

我完全沒有任何猶豫，只要我見到那兩個變態的男人，我會一槍把他們打死！

「不知道可以插得多深呢？」

「比你那話兒更深！哈哈哈**哈哈哈哈哈！**」

笑聲讓人毛骨悚然，究竟是有多殘忍才可以這樣對待一個只有八歲的女孩？！

「**我、要、插、下、去、了！**」

「人渣！」

我大叫，然後用力踢開了 207 號的房門！

是這裡！！！

我趕到了！！！

我不會讓佩露受到任何傷害！！！

我不會像當日一樣，沒法拯救彩粉！！！

我腦海中出現了最初彩粉被欺凌時，我沒有及時出手阻止的畫面！

當時美術室的大門關上，我只在門外，什麼也做不了！

！！！！！

「什……什麼……」

同一幕的畫面，出現在我的眼前！

十六年前的同一幕，再次出現！

房間內……她……全裸……躺在血泊之中！

她的下體不斷地流出血水，地上還有一支染滿血的畫筆！她的面色蒼白，快要失血過多死去！

我不是趕到了嗎？！

「**呀！！！！！！！！！**」

廣播器傳來了最淒厲的慘叫聲！

為什麼？！

聲音與眼前的畫面不同步！

聲畫不同步！

那……不是在直播！而是……——錄播！

「等等……佩露……」

就在我陷入迷惘之時，我的後腦感覺到強力的衝擊！
不知是什麼的東西，轟在我的後腦！
下一秒鐘……
我眼前一黑，昏迷過去！
……
…
.
細豪的家中。
他一個人坐在廳中，看著沒有星的天空，眼淚不禁地流下。
此時，一個八歲的女孩走到他身邊。
她是……陳佩露！
「爸爸，你不睡覺嗎？」她見到細豪在哭：「爸爸為什麼要流眼淚？」

「沒有！哈哈！爸爸沒有！」細豪用手背抹去眼淚：「爸爸是高興妳能回來，所以開心到哭了。」

「爸爸。」

陳佩露擁抱著最疼他的父親。

她不是在聖比得住宿之家？為什麼現在安然無恙地回到細豪的身邊？

一切都是鄧鏡夜的計劃。

細豪……出賣了白日黑。

為了自己的女兒出賣了日黑。

當天，鄧鏡夜找上細豪，說出了交換他女兒的條件，就是要引日黑去到聖比得住宿之家，鄧鏡夜會放走他的女兒，而條件是不能告訴日黑。

為什麼鄧鏡夜要這樣做？

因為他覺得白日黑明知是陷阱，未必 100% 會來，所以他利用了細豪，要他扮到非常緊張，白日黑才會上釣。

鄧鏡夜錯了，其實無論陳細豪如何表達，白日黑也會來。

因為……白日黑根本就不似鄧鏡夜。

細豪猶豫了一會，想起自己的寶貝女，他沒法不答應。

他的眼淚，是為了一個一直相信自己的男人而流下。

直到最後，日黑還是相信著細豪。

鄧鏡夜找來了另一個女生代替陳佩露，一個出賣了自己父親的女生，沒錯，她就是……美術學院張志萬校長的女兒，張梓綺！

日黑在電視機畫面上看到的，的確是預先錄製的陳佩露，不過，那些慘叫的聲音卻是張梓綺！

日黑在房內看到躺在血泊中的人，不是陳佩露，而是張梓綺！

還有一點。

其實，鄧鏡夜根本不需要放走陳佩露換成張梓綺，為什麼他要這樣做？

因為鄧鏡夜要日黑感受到，被最信任的人出賣那種痛苦！

而且，鄧鏡夜想讓日黑知道，他就像「神」一樣的存在，可以操控一個人的生或死。他可以殘酷地殺死一個人，同時，也可以寬宏地放過一個人。

日黑用了五年時間才相信的人，最信任的細豪，最後也因為自己的女兒……

出賣了他！

8

聖比得住宿之家大廈門外，聚集了大批的記者，警員也在忙過不停地蒐集證據。

「十六年前的性侵罪犯，在十多年後再次犯案！」一個女記者對著鏡頭說：「死者是一名十七歲的女生，她是早前美術學院貪污案的校長，張志萬的女兒！」

另一邊一個自媒體的記者，也在做直播。

「像這些性侵罪犯，是不是應該判處更高的刑罰呢？」他帶有批判的語氣：「現在他再度犯案，這種死不悔改的人渣，社會是否應要更強烈的譴責？」

此時，調查科警員張大輝走向記者，大批記者一湧而上包圍著他。

「我們收到線報來到了案發現場。」他開始說出整件事件的來龍去脈：「死者被嚴重性侵犯後，被勒死……」

張大輝繼續讀出他的「劇本」，無數記者的問題，他嚴肅地一一回答。

「被捕的白日黑，是否跟近日多宗案件有關？」一位記者問。

「我們不排除這個可能性。」張大輝說：「暫時先說到這裡，有進一步的消息會向公眾交代，謝謝。」

他說完後轉身就走，記者的問題依然滔滔不絕。

黑犬說的沒錯，為什麼要嫁禍日黑殺死島朱乃？因為鄧鏡夜要把日黑對付他們「踩罪黨」六人的事串連起來！

未來法院審判，陪審團更有可能把所有的事歸咎於白日黑，會把所有事情都歸納於白日黑的「報復行動」！

鄧鏡夜找上張梓綺成為犧牲品的原因很簡單，因為日黑有接觸過張梓綺，從張梓綺的手機可以找到白日黑的聯絡。

現在張梓綺被殺，鄧鏡夜可以揑造故事，把日黑說成兇手！

另外，島朱乃的屍體，她手袋內的藥瓶也有他的指紋，也可以聯想到日黑就是兇手！

失蹤的茅燦柴，也可以說成是日黑所為，還有纏習山曾向警方說過是白日黑把他關在西貢貨櫃箱內，所有事情加起來，日黑已經……百詞莫辯。

現在，殺死張梓綺的兇手，逍遙法外，無辜的日黑被冤枉犯法。

十六年後……再次重蹈覆轍。

鄧鏡夜本來可以在見面時殺死白日黑，但他沒有這樣做，因為他要日黑再次因為性侵，更甚是謀殺的罪名，再一次被世人唾棄！

不只是十六年的人生，他要日黑的未來日子，繼續掛上這個最可怕的罪名！

永遠在獄中渡過餘生！

……

……

……

拘留所內。

日黑再次被扣上手扣。

他的後腦很痛，不過沒有任何人查問過他的傷勢，因為現在他，是一個兇殘的殺人犯與性罪犯，沒有人會同情他。

「你又回來拘留所了。」黑犬說。

「嘿，習慣了。」日黑只能噗哧一笑。

「你已經想通了嗎？」

「嗯，大概知道發生什麼事。」

日黑大概想到了是細豪出賣了他。

「我都說，別相信任何人。」黑犬說。

「難道我信你嗎？你只是一隻狗。」日黑看著牆壁。

「當然！我最值得你信賴！哈！」

其實黑犬是誰？

黑犬是日黑在獄中認識的一隻黑狗，在一次戶外勞動工作中，日黑遇上了牠，當時日黑身上正好有收藏起來的白麵包，日黑給黑狗吃了。

自此以後，戶外勞動工作時，那頭黑色的狗都會來找日黑，他們成為了「秘密的朋友」。

可惜，在日黑入獄第六年，他在戶外再沒法見到黑狗，牠好像消失了一樣。

直至兩星期後，日黑終於再遇上黑狗，不過，牠已經變成了一條乾屍，無數烏蠅在牠身上飛舞。

黑狗的頭骨爆裂，很明顯，不是老死，也不是意外……是人為的。

是最兇殘的人類所為！

那天，日黑擁抱著已經腐爛的黑狗屍體痛哭，他在獄中，唯一的朋友也離開了他。

直至幾個獄警用暴力把他拉走，日黑才肯離開。

自那天之後，「黑犬」出現了。

同時，日黑討厭人類，「復仇」的心更堅定。

在日黑心中，黑犬是一頭狗還是一個人已經不重要，因為牠永遠會留在日黑的身邊。

直至死去的那天。

「你沒怪細豪？」黑犬問。

日黑搖搖頭：「沒有，如果我是他，也會這樣做。」

「的確。」黑犬暗笑。

「不過，如果細豪跟鄧鏡夜交換出賣我的條件，那佩露應該已經回到細豪身邊，我也總算兌現了承諾。」日黑說：「不是嗎？」

此時，獄警看到日黑對著空氣自言自語，他用警棍敲打鐵欄：「別要吵！死變態！」

日黑抬起頭看著獄警……

露出了一個讓人毛骨悚然的笑容！

Chapter 14

反擊

Bully

1

櫻滿春與鄧鏡夜的黑歷史被化解，白日黑也再次被冤枉更成為了殺人犯……

他們還有什麼方法反擊？

本來，在日黑公開「踩罪黨」欺凌的過去後，日黑甚至想自行向警方協助調查，因為警方根本沒有證據，證明所有事都是由他策劃。

可惜計劃沒有完美，被反將一軍，日黑現在再次被監禁在羈留室。

就算，最近發生的復仇事件不全是日黑所為，至少島朱乃不是他所殺，卻會因為公眾已對日黑建立了壞印象，最後法庭審判時，陪審團一定會大比數判他有罪。

沒有幾個人像當年仁甲一樣，會投反對票。

除非是有「**奇蹟**」的出現，不然這次部署多時的復仇計劃將會……終告失敗。

奇蹟未必會出現，不過，他們還有最後兩張「皇牌」。

一張是在彩粉手上。

而另一張……**就是柔彩粉**。

……

…

.

日黑被捕三天後。

彩粉正在錄影室的化妝間化妝，化妝桌的燈光打在她白皙的臉頰上，讓她的輪廓更加鮮明，伶俐的模樣絕對有觀眾緣。如果不是八歲時發生那不幸事件，也許，彩粉可以成為一位非常受歡迎的女明星。

可惜，一切已經不能回頭。

「妳的皮膚真的很好。」化妝師說。

「謝謝。」

「你緊張嗎？」她問。

彩粉點了點頭。

「別怕，大家一定會很喜歡妳。」化妝師在鼓勵她：「嘻，大美人。」

彩粉聽到她的說話，的確放鬆了一點。

「柔彩粉小姐，可以埋位了。」一個場務員說。

她用力閉了一下圓圓的眼睛，然後走到台上，百萬訂閱的主持人唐茉已經等待著她，唐茉跟彩粉擁抱。

當初彩粉聯絡她時，唐茉已經知道彩粉要發表的內容，就因為這樣，唐茉才願意讓她上自己的節目。

當然流量很重要，不過，這次她更想替彩粉……「平反」。

「彩粉，就說出妳想告訴全世界的事吧。」四十多歲的唐茉牽著她的手：「妳是一位勇敢的女孩。」

「沒問題！」彩粉露出爽朗的微笑。

她們坐到一張豪華沙發上，彩粉看著面前數台巨型的攝錄機，心情更加緊張。

唐茉按在她的手背上鼓勵彩粉，彩粉點頭表示明白她的心意。

數分鐘後，直播正式開始。

唐茉首先說話。

「今集直播，是有史以來最值得收看的，我身邊這位女生，也許現在大家未必認識她，不過今晚之後，她將會成為全港最注目的人。」唐茉看著柔粉：「她是……柔彩粉。」

彩粉向著攝影機鏡頭點頭，在螢光幕上看到的她，就像天使一樣漂亮。

「柔彩粉是誰？」唐茉微笑看著彩粉：「彩粉，妳先介紹一下妳自己。」

「好的。」彩粉鼓起了勇氣：「我就是十六年前，被白日黑在美術學院性侵虐待的女生，當年的我……只有八歲。」

不只是在場的人瞠目結舌，觀看直播人數更是立即直線上升！

白日黑在這幾天，成為全港最多人咒罵的對象，現在，那位當年被性侵虐待的女孩出來現身說法，就如唐茉所說，彩粉已經成為全港最注目的女生。

唐茉簡單敘述了當年八歲的彩粉所經歷的痛苦過去，她避重就輕沒有說得太直白，唐茉非常專業，的確是一位具有實力的主持人。

「今天，彩粉鼓起了最大的勇氣，希望透過我們的節目說出她的感受與故事。」

觀看直播的人數已經接近十萬。

當觀看的觀眾正準備大罵白日黑變態、死賤種、正仆街等等之時……

彩粉說出每個人也意想不到的一句話。

「**白日黑……是無辜的**。」

2

彩粉說出當年欺凌她的人，不是日黑，而是「踩罪黨」的六人！日黑反而是救了她的男生！

她連已過世的父母收錢的事也巨細無遺地說出來，當年只有八歲的她，只能依照父母的說話去做。

「這是非常嚴重的指控。」唐茉兩道眉聚成八字形：「妳是說虐待妳的是他們六人，而性侵犯妳的，直至現在也不知道是誰，因為當時妳已經昏迷，對？」

「對，我不知道是誰，不過一定是他們六人之中其中一人，又或是他們的朋友！」彩粉堅定地說：「因為當時沒有人知道我們在那房間！」

同時，彩粉又說出日黑是被張志萬叫到美術室，最後才被誣衊成為兇手。

「問題是，妳認識白日黑？」唐茉問：「為什麼妳會認識她？」

「因為我想……贖罪。」彩粉認真地說：「當時我知道他是無辜的，我根本不知道要怎樣做，然後有天，我決定要找上日黑，希望可以贖罪。」

「當時他還在獄中，妳是去探監？」唐茉問。

彩粉點點頭。

唐茉看著攝錄機，她早已經準備好：「有什麼證據可以證明彩粉一早已經想為白日黑贖罪？我們來看看這片段。」

影片中，出現了一個中年男人，他就是當年在探監室的獄警，現在他已經退休。

他出示了當年的證件，確認了身份，表示他沒有說謊。

「我可以證明柔彩粉從小已經來探望白日黑，咳咳咳。」老獄警說：「他們經常見面，當時我不明白為什麼受害人經常去找兇手，心中想，受害者不恨他嗎？」

他停頓了一會然後說：「這麼多年後，我終於明白真正的原因，白日黑是無辜的，來探監反而是柔彩粉為自己的行為贖罪。」

老獄警說話很慢，不過卻非常有說服力。

當然，老獄警當時並不知道他們正在談的是……復仇計劃。

唐茉從螢光幕回頭看著彩粉：「當年妳為什麼不去報案翻案，說出真相？」

「有用嗎？」彩粉搖搖頭，眼中流露著悲哀：「誰會相信當時還未成年的我？誰會相信那個已經被判罪的性侵兒童犯？而且對著有財有勢的他們，我們根本沒有反抗的能力。」

「但現在……」

「因為日黑再次被冤枉為變態的罪犯。」彩粉眼神堅定。

「妳的意思是……」

「沒錯，日黑是被陷害！殺死張梓綺的不是他，而是『踩罪黨』的人！」

正在看直播的二十萬人，無一不看到目瞪口呆，就像懸疑電視劇一樣的情節，完全猜不到最後的結局。

「以下的內容會非常敏感，我不知道直播會不會被迫腰斬。」唐茉慎重地說：「如果被腰斬，我們會在另一個頻道再繼續直播。」

說完後，唐茉繼續問彩粉：「妳有什麼證據證明白日黑是無辜的？」

「首先，我要先說明『他們』是怎樣的人。」彩粉轉動了一下眼珠：「櫻滿春與鄧鏡夜是怎樣的人。」

直接說出名字了。

唐茉看著錄影廠的監製，他舉起大拇指，代表暫時沒有問題。

「我真的很想說嘉賓意見與本節目及本人無關。」唐茉嫣然一笑：「不過當我知道『真相』後，我只想一直站在妳身邊，支持妳說出真相。」

然後，直播分隔出新的畫面，畫面上是一個內地的女生，她正抱著一個看似只有三歲的女孩。

日黑與粉彩的第二張「皇牌」……**終於出現了**。

3

江美清，二十五歲。

出身貧窮的她，畢業後，成績不怎樣只能做著侍應的工作。直至有一天，朋友介紹她有一間在長沙的黑市醫院正需要年輕的女生，而且工資非常高。

她心中暗忖，也不是什麼賣身的地方，只是黑市醫院，應該不是出賣身體的工作，當年二十歲的江美清，決定了去應徵。

後來，她知道的確是出賣身體的工作，不過，跟賣淫完全不同，她要出賣自己的身體……

成為「代母」。

因為工資非常高，而且也不是「那種」出賣身體，她決定做這份工作。江美清知道在四至五個月後，她需要做人工流產，雖然她不知道原因，不過醫院答應會給她流產後的照顧，她也覺得應該沒問題。

而當日注入她身體的受精卵主人……

就是櫻滿春與鄧鏡夜。

本來一切都非常順利，不過，就在嬰兒四個月左右，江美清看著自己慢慢脹大的肚皮，母愛，讓她不忍心令肚內的孩子胎死腹中。

最後她決定了……逃走。

六個月後，她把女孩生了出來。

她把本來屬於櫻滿春與鄧鏡夜的孩子，生了下來。

當時，暉明黑市醫院因沒法找到江美清，最後決定不了了之。只是少一個胎死腹中的嬰兒，也沒什麼大問題，而且醫院還有無數為了錢而願意成為「代母」的女生。

醫院也沒有告訴受精卵的兩位主人。

黑市醫院繼續為櫻滿春提供流產死去的胎兒，而那些胎兒，全都跟櫻滿春有血緣關係！

也許是天意，惡人有惡報，現在，這個三歲的女孩，成為了……

櫻滿春殘忍吃自己胎兒的證據！

……

……

直播室內。

江美清說出了自己與女兒的事，二十五萬的觀眾，無一不瞠目咋舌。

「DNA親子鑑定。」彩粉拿出一份文件：「因為醫院驗身時有抽取卵子與精子主人的血液，經過DNA位點檢測，這個三歲的女孩，跟櫻滿春與鄧鏡夜DNA……**完、全、吻、合！**」

「即是說，江美清手抱的女兒，是櫻滿春與鄧鏡夜的親女兒？！」唐茉表情非常駭異。

雖然彩粉其實早已告訴她，不過在直播時說出，更讓人大吃一驚。

「沒錯！如果不相信，可以請他們來做一次DNA鑑定，就會知我有沒有說謊！」彩粉堅定不移：「不過我想他們才不會這樣做，因為答案只會是一樣！」

「這樣說……」

「櫻滿春吃胎兒的變態行徑，全都是真實存在！」彩粉咆哮似的說：「為了青春，不惜殺死無數自己的胎兒！我在想，世界上真的存在這樣可怕的母親嗎？的確有！**而且就是那個十六年前將畫筆插入我下體性欺凌我的女人！**」

彩粉字字鏗鏘，眼眶的淚在打滾，十六年了，她終於可以向全世界說出真相！

「這簡直是不可原諒……」唐茉不禁搖頭：「不過，這只能證明他們的為人，卻沒法證明白日黑犯的罪行是由他們所嫁禍。」

「證據就在我手上！」

畫面中出現了一個人的相片，他是……調查科警員張大輝！

4

仁甲一直調查的資料，終於發揮作用。

張大輝收受賄賂、濫用職權等等資料，出現在螢光幕上。

「還有……這兩天，我們發現了這條影片……」

彩粉說完，畫面立即播放，是一段拍到張大輝與同伴，在張梓綺家門前等待，趁她回去舊居執拾時，把她押上七人車的片段！

他已經……再無從抵賴！

張大輝他們沒想到，日黑早早已經在張志萬的家門前加裝了攝錄機！當日，張志萬保釋回家後就收到日黑的電話，正是這個原因！

現在這台攝錄機的畫面，成為了張大輝的罪證！

「是他們性虐殺張梓綺！然後跟十六年前一樣，把所有罪名被推卸到日黑身上！」彩粉的眼淚流下，眼神卻一點也沒有困惑：「**一個無辜的人坐了十年冤獄，被社會上所有人唾罵、白眼、嘲諷、冤枉，沒有任何一個人相信他！不過，這個人卻把我從地獄拯救出來，他就是白日黑！他不是罪犯！日黑是把我從黑暗拉回來的英雄！**」

在直播室外看著的仁甲，抹抹眼淚，因為，當年他也是其中一個少數相信日黑的人。

今天，終於可以向全世界說出真相！

彩粉這段說話，如果不是在發生這麼多事後才說出來，而是早早向外公佈，根本沒有人會相信她，也沒有任何說服力。

就是因為經過了這麼多事，日黑再次被冤枉成為殺人犯，彩粉說話的可信性才會大大提升！

沒錯，她與白日黑真正的計劃，是要讓鄧鏡夜等人對他們復仇，然後，才能真正完成他們的……**「復仇計劃」！**

這才是他們的反擊！

復仇計劃只是楔子，日黑真正是想「踩罪黨」同樣向他復仇，最後……

說、出、所、有、事、情、的、真、相！

這次的事件牽連甚廣，包括了警察內部、黑市醫院、律師、法官、黑勢力人士等等，還有不少有財有勢的大集團，當然，櫻滿春與鄧鏡夜就是最大的疑犯！

唐茉在直播中，做了最後的總結。
最後的直播人數中，已經超過……三十萬人。

✕ ✕ ✕ ✕ ✕

一星期後。
櫻滿春的住所內。
她吸食了大量的毒品，試圖抑壓自己的痛苦。
在這期間，無數媒體報道她的消息，有人要她做 DNA 親子鑑證，她不敢做就證明彩粉的說話是真實的；容秀棋也公開質疑，懷疑當年毒啞她的人就是櫻滿春。
她吃胎的事讓她的歌迷與粉絲完全心碎，還叫她做「史上最殘忍的賤女人」；更諷刺地，電視播放著她的大熱歌曲《沒有忘記你》。
的確，白日黑與柔彩粉，就像鬼魂纏身一樣……

「**沒有忘記她**」。

她的人生、她的名譽、她的事業，她的所有所有，已經完全被摧毀！

「呀！！！！！」

櫻滿春在房間內歇斯底里大叫，發洩她的情緒。

《商君書》馭民五術……「疲民」。

無數的質疑與傳媒轟炸，讓櫻滿春身心疲累，她已經被徹底擊敗，無論從前的形象有多好，現在她已經沒法回頭。

她的「黑歷史」，將會永永遠遠留在網上，只是輸入「櫻滿春」三個字，搜索結果只會出現最惡毒的內容。

不，不只這樣。

這星期，櫻滿春沒法找到鄧鏡夜，一個從小已經認識與相信的男人、一個跟她經歷了很多很多故事的男人……她卻沒法找到。

此時，在她住所對出的大街，閃著警車的警號，同時，她手機收到了經理人發來的一段影片。

「什……什麼……」

影片的畫面是在……酒店總統套房！

5

面目猙獰的櫻滿春，拿起了酒樽轟在島朱乃的頭上！島朱乃被打到頭破血流，倒在沙發上！

「妳要殺我嗎？殺死我嗎？」她咬牙切齒：「我們這麼多年朋友，妳要來毒死我？！」

她繼續用酒樽轟在島朱乃的頭上，把憤怒完全發洩！島朱乃的半邊頭顱已凹陷，直至她……死去！

「夠了！停！停手！」

來到鄧鏡夜叫住櫻滿春的畫面，影片停止了。

怎會……怎會……怎會……怎會……怎會……怎會……

櫻滿春腦袋一片空白，白日黑根本不可能在總統套房裝上針孔攝錄機，他甚至不可能知道他們去了酒店……

白日黑是怎樣拍到的？

等等……

他不可能拍到！不是他拍下櫻滿春殺人的過程，而是……

此時，經理人再發出一條影片，畫面中，鄧鏡夜正接受訪問。

「當時……當時我去了洗手間，根本不知道她會這樣做……」鄧鏡夜表情陰沉，痛苦地說：「最後我想阻止她，可惜已經太遲……」

不是日黑，是當日拍下島朱乃下毒藥的攝錄機！同時也拍下了櫻滿春的殺人過程！

現在，被鄧鏡夜利用，把畫面公諸於世！

深謀遠慮的鄧鏡夜早就做好準備，在任何一個「正確」的時間……

出賣櫻滿春，跟她劃清界線！

一個櫻滿春一直相信的男人，出賣了她！

她完全沒法相信與接受！

現在的她，已經不只是離開香港就可解決問題，她現在是一個……殺人犯……

將會被關在又臭又窄的監獄！

一個身驕肉貴的大小姐、一個萬人迷的最受歡迎女歌手、一個最幸福的情婦，通通在一夜之間結束了……她將會變成穿上囚衣的階下囚。

櫻滿春完全崩潰。

她不斷地搖頭，神情呆滯，雙眼已經哭到沒有眼淚……

她……走出了露台……

警車的聲音越來越接近……

「滿春！妳在哪裡？」經理人發著訊息。

「再見了。」

她輸入最後的一句，然後露出一絲無奈的苦笑……

從住所的露台跳下！

第五個「踩罪黨」成員……自殺身亡。

……

⋯⋯

櫻滿春死去的一星期後。

鄧鏡夜被邀請協助調查，他只是協助調查，被捕的張大輝、柄勇一眾人，沒有供出主使者就是鄧鏡夜。當然，他們除了收了利益，還有更多不見得光的資料在鄧鏡夜手上。

不過，就算他們供出是鄧鏡夜主使，他財雄勢大，絕對有方法反駁。

而「借種」一事，他也說是櫻滿春苦苦哀求才這樣做，他完全不知道櫻滿春是為了吃掉自己的胎兒。

現在櫻滿春已死，死去的人沒法反駁。

那兩個姦殺張梓綺的男人，也被警方逮捕，他們都是柄勇找來的，根本就不知道背後的人就是鄧鏡夜。

而柔彩粉也被帶到警署協助調查，因為當日曲玄玄說是彩粉恐嚇她。不過，沒有任何證據證明是彩粉所為，而且曲玄玄精神出現問題，也沒法再追查下去。

另外，十六年前她被性侵虐待一事，彩粉已經說明是他們六人所為，不過，她沒法確定最後回來性侵她的人，是其中的哪一個人，而且，鄧鏡夜也有足夠的不在場證據。

而當時被收買的律師與捏造虛假證據的醫生，已經被釘牌，有待他日審判。

十六年後，白日黑終於洗脫罪名。

當然，還是有人覺得第一個到達美術室的他很有可疑，不過，彩粉力證侵犯她的人不是日黑。

而彩粉沒向傳媒和警方說出日黑的身體情況，當時，日黑根本沒法侵犯彩粉。

不說出來，是因為她不想傷害日黑。

調查過後，在聖比得住宿之家發生的慘案，跟日黑完全沒有關係。

日黑，終於被釋放。

6

大批記者在監獄門前等待。

日黑在下午走出監獄大門，記者一湧而上。

「被再一次冤枉，你有什麼感受？」

「白先生，報仇的事是你的安排嗎？」

「茅燦柴現在人在哪裡？是不是已經死了？」

「你對『踩罪黨』的仇恨還存在嗎？」

大部份問題都落在「報仇」方面，日黑的計劃早已準備了十多年，他沒有留下任何足以入罪的證據。

現在日黑只是「疑犯」，而不是「罪犯」。

日黑沒有回答任何問題，他現在只想見到最想見的人。

「日黑！這邊！」

他走上了一輛汽車，來接他的人是仁甲。

「終於可以回去了！」仁甲駕車離開：「他們在等你！」

「回去了。」日黑就像洩氣的皮球一樣，全身放鬆。

「放心吧，沒有人可以跟蹤到我們。」仁甲自信地說：「途經的紅綠燈系統已經被我修改控制了，我們快回去吧！」

他們離開，順利地避開所有的傳媒記者，回到了西貢士多。

等待他的人，除了是彩粉，還有……細豪。

沒有任何說話，彩粉跑向日黑，擁抱著他。

「終於真相大白了！你回來太好了！」彩粉眼淚流下，同時眼睛帶著笑意。

「我有看妳的直播影片，表現不錯。」日黑笑說。

「日黑不是罪犯，他是把我從黑暗拉回來的英雄！」仁甲扮著彩粉的說話。

「別要笑我！」彩粉抹去眼淚。

此時，日黑看著沒有走上前的細豪。

「日黑……對不起……我……」

日黑走向了他，然後給他一個深深的擁抱：「沒事，如果是我也會這樣做，佩露沒事實在太好了。」

細豪哭得比彩粉更大聲。

「這個還你，我沒做好我的工作，不應該收你的錢。」細豪把冷錢包交回日黑。

對於細豪來說，日黑選擇原諒自己，就是最好的回報，他並不需要他的錢。

「不，你是我最好的員工，也是我最好的社工，你應得的。」日黑沒有收回：「好吧，別說了，不是準備好歡迎會嗎？快去吧。」

「好！」仁甲高興地說。

他們四人回到士多的秘密地下室，日黑環視四周已經佈置好，用手寫著「歡迎日黑回來」的掛條，一些「Welcome Back」的擺設，還有 Pizza 店的食物。

非常簡陋的歡迎會，卻滿滿的溫暖。

他們開始一面吃東西一面聊天，就像中學生去旅行那麼快樂。

「不過，最後還有大 BOSS 鄧鏡夜還沒報仇……」細豪說。

「別這麼掃興吧！」仁甲拍打他的肚腩：「今天要慶祝！」

「沒想到鄧鏡夜最後會出賣櫻滿春。」日黑帶點不悅：「他跟所有事情都劃清界線。」

「不，我們還可以再想新的復仇計劃，不是嗎？」彩粉伸舌舔舔自己的嘴唇。

「對！其實我跟細豪討論過，不如成立一個地下組織！」仁甲說：「專門為別人復仇！」

「就叫復仇者聯盟！」細豪說。

「Avengers 嗎？才不要！」彩粉說：「又不是美國隊長！黑寡婦？」

他們討論著名稱，日黑露出一絲苦笑。

他的計劃的確出現了很多變數，就如被「二次冤枉」，也是他的意料之外。現在已經沒有準備好的方法對付鄧鏡夜，他還要小心鄧鏡夜會報復。

日黑知道，不能就此鬆懈。

「別要說我掃興。」仁甲喝了一口啤酒：「侵犯彩粉的人，還不知道是誰。」

的確，日黑知道不會是鄧鏡夜所為，是其他人嗎？

如果是其他幾個「踩罪黨」的人，其實，他們已經得到應有的懲罰。

「已經不重要了。」彩粉嫣然一笑：「因為我現在很快樂！」

日黑偷偷看了她一眼。

這麼多年了，日黑怎會不知道她的心情？

不，彩粉在說謊。

她……還是想知道真兇是誰。

7

慶祝過後，細豪與仁甲已經醉到睡著了，我跟彩粉走到士多門外，看著沒有星的夜空。

我們坐到一張長木椅上，她的頭依靠著我的肩膀。

「之後我們要怎樣？」彩粉突然問：「繼續報仇？還是什麼也不理，遠走高飛？」

一直以來，我們生存下去的動力就是為了報仇，現在已經對付了五個人，加上我已經在大眾心中洗脫了「罪名」，不用再掛著性罪犯的標籤，我們應該要停下來？

還是繼續？

「還有……鄧鏡夜……」我說。

「不，還有泉巡音。」她說。

我知道彩粉不喜歡巡音的原因，因為彩粉知道，我心中還留有她的位置。

一個多年前出賣我的女人，留下的位置。

我沒有回答她，轉換了話題。

「妳還是想知道當年是誰傷害妳。」我說。

「對。」彩粉說：「就算最後還是個謎，我依然想知道。」

「我覺得不會是鄧鏡夜。」我已經跟她說出我的理由：「而其他的五個人也得到應有的報應了。」

她應該臆測到我的想法，對於我來說，復仇計劃其實已經接近完成了。

「我還是想替日黑你報仇。」彩粉輕輕吻在我的臉上：「如果你想繼續，我一定會陪在你身邊。」

「如果我說想放棄呢？」

她眨一眨大眼睛：「沒問題，依你的！」

我們相視微笑了。

我不知道這樣是不是叫幸福，我們兩人都是因為十六年前的「悲劇」而認識，如果不是當年發生的事，我們可能只是陌路人。

命運把我們兩個人連上了。

如果上天冥冥中早有主宰，那我們的命運就是先苦後甜？

未來日子，我們應該放下仇恨，好好生活下去？

還是繼續未完成的復仇計劃？

在這一刻，我們什麼也沒想了，一起看著星空。

也許，這才是真正的浪漫。

真正的幸福——。

……

…

.

精神病院，一間私家病房內。

「你知道他是誰嗎？」鄧鏡夜把一張相片給一個精神病人看。

他是……纏習山。

自從纏習山精神崩潰後，出現嚴重的暴力傾向，已經有幾個醫護人員被他弄傷，現在他的雙手被交叉綁在身上。

鄧鏡夜靠著某些關係來見他。

纏習山看著相片中的人就是白日黑，他當然不會忘記。

「壞人！他媽的賤種！李福秀！李復仇！」

他瘋了一樣掙扎，也想起柔彩粉。

「他們兩人都正在風流快活。」鄧鏡夜看著他的下體：「你卻一世絕子絕孫……」

「殺了他！殺了他！殺殺殺殺殺！」纏習山全身顫抖地叱罵。

「這樣對了。」鄧鏡夜露出邪惡的笑容：「我知道他會出現的地方。」

「告訴我！告訴我！我要殺了他！殺殺殺殺！」

鄧鏡夜把一把軍力，還有手機放在纏習山的私人櫃桶內：「他出現時，我會聯絡你。」

纏習山似懂非懂的看著自己的櫃桶，奸笑了。

鄧鏡夜雙手用力捉住纏習山的頭顱，把他拉近自己，他那個狠毒的眼神緊緊盯著纏習山！

「別要忘記，是他害你變成現在這樣！別忘記！」鄧鏡夜用力搖晃他的頭顱，要他好好記著。

纏習山呆了一秒，然後歇斯底里大叫：「**殺了他！殺了他！殺了他！**」

鄧鏡夜把他的頭用力推向床上：「這就對了，正廢人！」

他拉一拉自己的西裝，然後從私家精神病房離開。

鄧鏡夜根本就沒有任何悔意……他比日黑更想報仇！

他要白日黑不得好死！

Chapter 15

奇蹟

Miracle

1

鄧家大宅。

大廳的休息房內，只有他們兩夫妻。

已經很多年，每當鄧鏡夜生意上有不如意的事，泉巡音就會在休息房陪伴鄧鏡夜。

「美秀已經兩星期沒有上學。」泉巡音喝了一口紅酒。

「那些記者每天都守在學校門前，不上也罷，下兩個月我送妳們到英國，讓美秀到外國讀書。」鄧鏡夜喝下紅酒：「妳捨得我嗎？」

「不捨得。」泉巡音雙臂纏在他身上：「不過，也沒辦法了。」

「我會經常過去找妳們的。」鄧鏡夜倏地問：「音，妳相信我是無辜的？」

「不是說過別要問這些問題嗎？」巡音溫柔地吻在他的額上：「我相信，無論什麼也相信。」

鄧鏡夜跟泉巡音解釋，借種的事都只是櫻滿春當年苦苦哀求才幫助她，而嫁禍白日黑的事，全都是櫻滿春的計劃，與他無關。

死了的人，沒法反駁，也沒法說出真相。

「你說過習山與玄玄變成現在這樣，都是他所為，你要小心他。」泉巡音所說的「他」就是白日黑。

「沒問題的，他是一隻只會躲起來的老鼠。」鄧鏡夜笑說：「啊？現在妳是在意白日黑？還是我？」

「還用說嗎？」泉巡音吻在他的唇上，胸部壓著他的心口。

鄧鏡夜把她整個人抱起，泉巡音身體很柔軟，鄧鏡夜把她抱到沙發上，像野獸一樣脫去她的睡衣，鄧鏡夜拉起她的手臂，泉巡音露出雪白的腋下，他吻在她的頸上，泉巡音發出了呻吟的聲音。

一場翻雲覆雨的成人活動，已經沒有人可以阻止了。

在鄧鏡夜的腦海中，現在的泉巡音不是自己的妻子……

而是白日黑的女友。

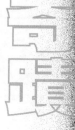

他幻想著在幹仇人的女人。

多變態的想法，可惜，泉巡音並不知道。

……

……

一星期後，中環心理治療中心。

何靈素沒有聽我說暫時離開香港，不過，她也沒有責罵我利用了她。

「原來我只是一個警報器呢？」何靈素用手指捲著自己的頭髮：「真的不甘心，被一個病人出賣了。」

她這個捲著秀髮的動作，讓我想起一個人。

「所以我今天是來賠罪的。」我把一個冷錢包給她：「助語詞密碼在盒內，最近的幣價升了不少，妳看看要不要賣出去。」

「你以為用錢就可以收買我嗎？」何靈素微笑，嘴唇像露出利牙：「我可是知道你最多秘密的人，呵！」

「足夠妳寫一本小說嗎？」我笑說。

「我就找個作家把你的故事寫出來！」何靈素不甘示弱。

「放過我吧。」我無奈地打開雙手：「不過，也沒什麼呢，別人也不會當真，只會當是小說故事來看而已。」

「版稅我會分 10% 給你。」

「妳有了這個冷錢包，還需要版稅嗎？」

「日黑！」何靈素突然認真起來，把桌上的冷錢包推回給我：「我不是要你的錢！」

「那妳要什麼？」

「我想你有時間就來找我，我是你的醫生，你是我的病人！」她帶點生氣地說。

「一言為定。」

「一言為定！」

然後，我們看著彼此笑了。

我心中想說的那一句「對不起，利用了妳」，不過，看來已經不需要了。

在這段期間，來見她讓我心情感到平靜，雖然何靈素沒有實際上加入我的復仇計劃，不過，她卻對我來說很重要。

然後我伸出手跟她握手。

我不是說對不起，而是……

「謝謝妳。」我衷心地說。

2

離開治療中心，我走出大廈，一個記者在等待著我。

剛才，我知道他在路上已經跟蹤我，沒想到他還未離開。

「白先生，我是自媒體《金報》的記者，我想找你做訪問……」

「不，我沒什麼想說。」我禮貌地回答，然後拉下漁夫帽。

「我想知道你對坐了十年的冤獄有什麼感想？當時有沒有想過上訴？」

記者還在喋喋不休，不想放過我。

「對不起，沒有東西想發表……」

突然！

在記者的身後，出現了一個人！

來得太突然！他快速衝向了我！

我完全沒法反應過來！

他是……纏、習、山！

他手上的刀……已經插入我的腹部！

驚慌的情緒連同痛楚的感覺，迅速出現在我的大腦內！

「呀！！！」記者我在身邊大叫。

「去死！去死！去死！去死！去死！去死！去死！」纏習山歇斯底里地大叫。

他拔出軍刀，再次插入我的身體！

我用力捉住他的手臂！

「白日黑，嘰嘰嘰嘰嘰嘰……快點死去吧！」他在瘋狂大笑。

魁梧的他比我更力大，軍刀慢慢插入我的身體！

鮮血從我的身體不斷流出……

我口吐鮮血……癱軟地倒在地上……

倒在我自己的血泊之中！

我的意識開始模糊……感受到他沒有停止攻擊……繼續在我身上捅下去……

軍刀不斷插入我的身體……我已經感覺不到痛楚……

血水濺在我自己的臉上……

我看著藍藍的天空……

世界……就像變成了慢動作一樣……

原來……死亡是這一種感覺的……

很靜，就如來到了一個靜謐悠閒的地方……我已經聽不到途人的尖叫，甚至他的瘋狂笑聲……

仁甲……細豪……對不起，我沒法跟你們一起工作了……

彩粉……我不能跟妳繼續完成報仇的計劃……

我再不能擁抱著妳……再不能互相扶持……再不能互相鼓勵……

妳自己要好好生活下去……

一定要幸福地生活下去……

就在我合上眼的一刻，我腦海中竟然出現了……

一個人。

一段小時候的回憶……

不是仁甲、不是細豪，也不是彩粉。

是她。

是我和她的回憶。

我和巡音的回憶。

✕✕✕✕✕

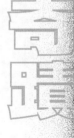

二十一年前。

青梅竹馬的他們，已經成為了初中學生。

他們就讀的*光大中學，不是什麼名校，而且他們成績也不見得突出，不過，他們都有藝術天份，希望依靠獎學金，未來可以在皇家美術學院繼續升學。

長大後，成為一位藝術家。

這對小情侶放學後來到了元朗的下白泥，一個被譽為香港觀賞日落最美的地方。

今天不是假期，沙灘上人跡稀少，他們一起等待日落。

穿著校服的他們，脫去鞋子，坐在沙灘上。

他們很窮，沒什麼錢可以四處消遣，只能在沙灘享受免費的浪漫。

泉巡音的頭依靠在白日黑的肩膊上。

「黑，如果有一天我跟你分手……」她捲起自己一撮長髮在嘴邊玩弄：「你會很傷心嗎？」

Miracle

＊光大中學，詳情請欣賞孤泣另一作品《教育製道》。

「我不會。」白日黑笑說。

「為什麼？」泉巡音問。

「因為如果妳要離開我，一定是找到比我更好的人。」

白日黑看著她微笑，露出雪白的牙齒。

3

「那你應該要把我搶回來才對啊！」泉巡音表達不滿。

「如果妳跟某某一起，比跟我一起更幸福，我為什麼要把妳搶回來？」日黑反問。

「笨蛋。」泉巡音拍了一拍他的手臂：「放心吧，我才不會離開你的。」

「就算找到比我更好，能給妳幸福生活的人，妳都不會離開我？」白日黑問。

「不會離開！」泉巡音莞爾：「就算離開你，我心中還是有你！」

「如果有一天，是我選擇先離開妳呢？」日黑說。

泉巡音想了一想：「我會很痛苦，不過，我心中還是有你！」

「嘿，妳才是笨蛋，妳應該放下我。」日黑說。

「我才不會。」泉巡音輕聲說，緊緊捉住白日黑的手臂。

或者，每一對情侶都有問過同樣的問題。

什麼是「永遠」？

Miracle

又有幾多人可以一起走到永遠？

在我們的人生中，會不斷出現不同的人與事，我們真的能無風無浪地跟深愛的人一起走到最後？

至少，這一對兩小無猜的情侶……

不能一起走到最後。

「音，妳看！」

夕陽慢慢地從水平線落下，醉人的落日美景，出現在他們的面前。

沒有美艷的花束，也沒有昂貴的禮物，他們二人享受著這種廉價的浪漫。

最珍惜的浪漫。

泉巡音看著夕陽，再看著白日黑的臉，橙金色的光打在他臉上，日黑好像變成了油畫中的男主角。

她吻在白日黑的臉上，然後在他的耳邊輕聲說。

「我愛你。」

……

……

．

巡音……我也愛你。

．

：

……

兩星期後。

當天，日黑被送到醫院急救，可惜，已經返魂乏術。

日黑離開了這個可怕的世界。

他的復仇計劃最後也不能親手完成。

或者，很多有關復仇的電影與電視劇中，主角最後也可以報仇雪恨，不過，現實的世界卻不像電影，就算是主角，也難逃最可怕的厄運。

纏習山因精神失常而殺人，也許，餘生也只能在病院終身監禁。

或者對纏習山來說，他已經……成功復仇了。

彩粉沒有替日黑舉辦喪禮，她知道日黑不會喜歡這些儀式，不過，在網上卻有很多人送給日黑祝福。

除了因為日黑被冤枉了十數年，最後真相大白卻被殺死，大家都感覺非常惋惜，還有另一個原因。

大家都覺得，對付「踩罪黨」的人就是他。

雖然沒有任何證據，不過，日黑就像變成了「隱藏」的英雄，暗地裡剷除那些欺凌別人的欺凌者。

白日黑的名字，再不代表殺人犯、性侵犯，他的名字，已經成為了一個被尊敬的稱呼。

可惜，大眾不知道，還有一個人，還未得到應有的報應。

就是鄧鏡夜。

現在只餘下彩粉他們，根本就沒能力對付鄧鏡夜。

鄧鏡夜依然……**逍遙法外**。

這一晚，鄧鏡夜跟同事在慶祝，他笑得特別開懷。

除了因為昨天完成了一宗大額的生意外，他心中還在慶祝白日黑之死。

他借助纏習山，連出手也不用。就算纏習山說教唆他的人是自己，也不會有人相信已經變成瘋子的纏習山。

除了纏習山報仇以外，鄧鏡夜也成功報仇了。

他已經滿足了？

才不，他還要對付柔彩粉、陸仁甲、陳細豪，還有他們的家人、朋友等等，鄧鏡夜絕對不會放過他們任何一個人。

鄧鏡夜絕對會趕盡殺絕。

4

一個月後。

今天是鄧鏡夜的上市公司股東大會。

來賓都是有名有姓，身家上億的達官貴人。

發生了這麼多事，那些富人會看不起鄧鏡夜？

才不會，他們只會向錢看，網上咒罵鄧鏡夜的留言，才不會影響他們，生意人都只會在乎自己的身家後面多了多少個零。

鄧鏡夜依然過著幸福愉快的生活。

他上台致詞，全場人都在鼓掌。

沒有比這場面更虛偽了。

鄧鏡夜繼續發表今年的業績報告，股東們都聽得如痴如醉。不過，在場內，有一個不屬於這場合的人出現。

她的手袋內，放著一把小型的手槍。

她是柔彩粉！

如果日黑還在，根本不會用這方法報仇，不過，魯莽又沒有計劃的彩粉，只能想到直接了結鄧鏡夜生命的方法！

沒有日黑的這段時間，彩粉生不如死，就算最後要坐監，她也要把鄧鏡夜殺死！

她快步走向了鄧鏡夜的方向！

鄧鏡夜說到業績上升了七成時，貴賓廳內掌聲雷動，根本沒有人發現彩粉已經越來越接近！

她快要拿出細小的掌心雷手槍，準備舉起，瞄準鄧鏡夜！

一槍把你打死！

「不！我要打到沒子彈為止！」她心想。

彩粉的憤怒已經來到頂點！

突然！！！

Miracle

一陣爽身粉香水味飄過，同一時間，「她」輕輕地按住彩粉拿槍的手！

全場人也只留意著業績攀升，只有「她」發現了彩粉！

「別要！」她輕聲在彩粉的耳邊說。

彩粉看著「她」，揣度她是要來阻止自己殺死鄧鏡夜，彩粉想甩開她的手！

就在此時，沒想到「她」說了一句說話……

彩粉停止了所有掙扎的動作，呆呆地看著她。

「**這樣死，便宜了他！**」

這句說話，讓彩粉腦海非常困惑與混亂，她說不出話來。

同一時間，幾個奇怪的人走了上台，他們都拿出了證件，明顯不是為了股東大會而來。

他們是……便衣警察！

全場也不知發生什麼事，場面開始變得混亂。

就趁著混亂，「她」把彩粉帶走，彩粉回頭看著台上的鄧鏡夜。

已經沒有任何辦法對付鄧鏡夜，什麼「黑歷史」也沒法對付他，而且日黑也死去，根本沒有人可以對抗他。

只差幾秒鐘，就可以殺死鄧鏡夜……

只差幾秒鐘，他們的復仇計劃將會真正完成……

只差幾秒鐘，彩粉就可以替日黑報仇……

只有直接殺死鄧鏡夜，沒有其他方法了，不過，彩粉也將會因為謀殺而被判處終身監禁。

這樣的復仇計劃，真的叫成功嗎？

再沒有任何方法……不過，現在……**奇蹟出現了**。

「日黑不會想見到妳在監獄中渡過餘生！」她露出誠懇的微笑：「彩粉，妳是知道的，不是嗎？」

彩粉的眼淚流下，「她」拿走了彩粉手中的手槍，深深地擁抱著她。

「其他事，妳交給我吧。」她拍拍彩粉的後背：「這是我為『你們』做的最後一件事。」

彩粉心情非常複雜，她不知道應不應該相信「她」，怎說她也是鄧鏡夜那邊的人。

跟鄧鏡夜不只是普通的關係，而是鄧鏡夜的……太太。

她是**泉、巡、音！**

5

最厲害的「復仇計劃」是……

根本不會讓對方知道自己要報仇。

真正的「復仇計劃」，是在仇人身上獲得所有，同時，讓對方放下全部戒備，一秒也不會覺得……「他想害死我」。

她準備的時間，比白日黑更長。

用了十六年時間，創造了這個……「**圈套**」。

除了用上她自己的身體，還有感情、家庭、生活等等，為的，就是想復仇。

現存的《商君書》只有二十六篇，其中兩篇內容散失，也許，失傳的內容就是馭民五術以外的……第六術。

貧民、辱民、愚民、疲民、弱民以外，還有最可怕的……

「**騙民**」。

要騙，就要騙一世。

用一世的時間去欺騙相信你的人民……

用一生的時間去欺騙相信你的人。

或者，她真的有對他投入過感情；或者，她真的有忘記過要復仇；或者，她得到的東西已經讓她不需要報仇。

不過，當她知道鄧鏡夜與櫻滿春一直也有來往，而自己卻不能說半句，對一個女人來說，是最痛苦的事。

而且鄧鏡夜這麼多年來，根本就沒有任何改變，用卑鄙的手段殺死競爭對手，朋友都只是用來出賣與利用，鄧鏡夜只會用兇殘的手段，去毀滅阻礙他的人。

本來，鄧鏡夜與櫻滿春的事也未完全讓她有所行動，不過，當白日黑死去，她……

終於要出手了。

當然，她未必完全是為了白日黑而報仇，如果要說，她更像……

為過去而報仇。

泉巡音為了過去的自己與日黑報仇。

——「**就算離開你，我心中還是有你！**」

二十一年前，巡音對日黑說的話是真實的，沒有說謊，她心中的一角，一直存在著白日黑的身影。

曾經跟日黑初戀的快樂，一直成為了她人生中最美麗的回憶。

他為了過去的自己與日黑，最後選擇了……

最徹底的報仇方法。

泉巡音由嫁給鄧鏡夜一刻，不，或者是更早，她已經開始蒐集鄧鏡夜所有的犯罪證據，在鄧家大宅中，安放了不同的偷聽器，當然，鄧鏡夜根本不會相信，自己最信任的人會這樣做。

還有鄧鏡夜的辦公室，沒有人可以碰到的犯罪資料，巡音也能夠比別人更輕易獲得。

因為巡音就是鄧鏡夜在世界上最重要、最信任的人，他根本沒有發現巡音在蒐集他的犯罪證據。

當巡音蒐集的資料愈多、知道得愈多，她愈覺得鄧鏡夜……**根本不是人**。

表面上，她是深愛著對自己非常好的老公，暗地裡，她根本不能接受視人命如草芥的男人！

在一次機緣巧合下，巡音認識到一個人，她告訴了巡音一個隱藏的組織，那個人就是張志萬的太太。

就是那個「殺夫同盟會」。

組織的人給巡音意見，教她如何一步一步奪取鄧鏡夜所擁有的東西，直至今天，她終於要完成她的計劃。

幫助日黑完成他沒法完成的……

「**復仇計劃**」**！**

奇蹟終於出現了。

而這個奇蹟，是十多年來的「因果」。

經過漫長的審訊，罪名包括欺凌、傷人、教唆殺人、策劃殺人等等，鄧鏡夜被判處多項罪名。

最後他被判處……**終身監禁**。

監獄內。

巡音說得沒錯，如果彩粉一槍把他打死，的確是便宜了這種畜生，現在鄧鏡夜的惡夢才是真正開始。

6

日黑其中的計劃，就是要讓鄧鏡夜入獄，他沒法完成，不過巡音替他完成了。

日黑早早在出獄之前，已經收買了獄中的「朋友」，準備在未來日子好好招呼他的仇人。

囚犯的浴室內，一班囚犯正圍著鄧鏡夜。

似曾相識的畫面，日黑也曾經經歷過。

鄧鏡夜全裸地被迫趴在花灑之下，屁股正對著一大班囚犯。

「我給你們錢！放過我！」鄧鏡夜咆哮似地叫了一聲：「放過我！」

面容滄桑的他，跟從前英俊帥氣的有莫大分別，漫長的官司之中，已經把他折磨到體無完膚。

受害者的賠償金額、打官司的律師費，還有公司多單生意違約，鄧鏡夜已經不再是從前那個有錢少爺，而且他身邊的朋友通通跟他劃清界線，還有巡音已跟他離婚，撫養權也不會判給他，鄧鏡夜現在已經變得……

一無所有。

他的心理被折磨到精神崩潰，不過，現在不只是精神折磨，而是……肉體。

一直以欺凌行為娛樂自己的他，沒想到現在會有這一天。

他有一刻後悔自己曾經欺凌別人，不過，只因為有這樣的結局，他才會反省與後悔。

他會不會痛改前非？

已經不重要了，因為根本沒有人想知道。

「錢我們沒有嗎？」其中一個囚犯一巴打在他的臉上：「日黑大哥已經給我們外面的家人寄了錢！現在不是錢的問題，是道義！你這人渣讓大哥坐了十年的冤獄，我們一定要好好招呼你！」

他們已經知道陷害日黑的人，就是鄧鏡夜。

在一旁的獄卒也當什麼也沒看見。

「你也欺淩別人多了，由現在開始！你將會是我們的……**性奴！**」

身後的囚犯一起歡呼，不亦樂乎。

兩個囚犯用力按著鄧鏡夜，他痛苦地掙扎，可惜卻不足以擺脫兩人！

「求求你放過我！求求你們！」

鄧鏡夜哭得像個小孩一樣。

「又白又滑的屁股，我最喜歡！哈哈！」

囚犯排著隊，等待著享受他們的慾望與快感！

「**呀！！！！**」

鄧鏡夜痛苦地大叫！

血水連同不知什麼的液體在他的身後流下！

那份「撕裂」的痛楚，鄧鏡夜……終、終、嚐、到、了！

「踩罪黨」的六人，曲玄玄、纏習山瘋了，茅燦柴失蹤，島朱乃、櫻滿春死去，現在只餘下鄧鏡夜！

也許，這六人之中，最痛苦的就是他，因為不只是一天，他要……

一世也感受著這種可怕的痛苦！

……

……

…

你也曾經欺凌過別人嗎？

你不會沒有黑歷史吧？

你相信會有報應嗎？

如果你相信，請停止你所有欺凌別人的行為。

Miracle

或者，未必會有一個像白日黑這樣的人向你報仇，不過……

報應，只是時辰未到。

好人有好報？未必有，不過……惡人必有惡報！

✖✖✖✖✖

一年後。

山頂一間意大利餐廳內。

今天，有兩個女人在這裡午餐。

兩個對白日黑來說，最重要的女人。

泉巡音與柔彩粉。

Final

真兇

Real

1

意大利餐廳的一角，柔和的陽光照在桌上，感覺非常溫暖。

「美秀已經去了英國生活，完成手頭上的事，我也會去那邊定居。」巡音喝了一口清水：「也會再次執起畫筆，希望可以開一間畫廊。」

「妳沒有放棄美術？」彩粉問。

「放棄了，不過我想重新開始。」巡音莞爾：「無論是多麼厲害的畫作，剛開始都只是張白紙，我會從白紙開始繼續努力。」

「那太好了。」柔彩粉細口地吃著芝士蛋糕：「美秀知道鄧鏡夜的事嗎？」

巡音搖搖頭：「她不知道，我想等她再大一點我才告訴她。」

「明白的。」彩粉說。

她們一起喝了一口紅茶。

「妳知道那個幼稚園男老師，當時是如何對待美秀？」巡音問。

彩粉點點頭。

「我覺得，日黑不是想向我報仇。」巡音說：「他其實是想告訴我，他在幫助我的女兒，希望美秀能夠早日脫離魔掌，不然我就會一直蒙在鼓裡。我應該要多謝日黑。」

「的確是有這樣的可能。」彩粉抿唇一笑：「其實，這次我也想跟妳說聲謝謝。」

「為什麼？」

「還用說？當然是完成了我跟日黑的復仇計劃。」

「不是完全為了你們，也是為了我自己。」巡音微笑，輕輕捉住她的手：「彩粉，如果妳不介意，跟我過英國生活吧，我想代鄧鏡夜為妳補償。」

彩粉搖搖頭：「我還是想留在香港，畢竟我還有朋友在這裡。」

她所說的就是仁甲與細豪，還有那位心理醫生何靈素。

「我們會一起開辦一間公司。」彩粉繼續說。

「是做什麼的？」

「秘密。」彩粉嘴角忍不住浮現笑意。

她所說的公司，就是「復仇者聯盟」，幫助有需要復仇的人去完成計劃。

當然，不會是這個名稱。

巡音心神領會，也沒有追問下去。

「而且我領養了一隻全黑的小狗，我不能棄養牠！現在牠跟我兩隻貓貓感情很好！」彩粉把手機的相片給她看：「牠叫黑犬，很可愛！」

巡音當然不知道黑犬名字的來由。

「很可愛啊，我還以為牠叫日黑，嘿。」巡音開玩笑說：「對！忘了跟妳說，我想拍賣妳那幅素描畫，然後把所有錢捐到幫助兒童的慈善基金。」

「我的素描畫？」

巡音已經拿回了本來在櫻滿春手上的素描畫。

八歲時彩粉的素描畫。

素描中的彩粉，身體上全是被虐待的痕跡，還有不會在八歲女孩臉上出現的表情，充滿了痛苦與無助，代表了當時她的心境；加上當日在總統套房被鄧鏡夜用畫筆弄穿的破洞，讓這幅畫表現出更深一層的意義，是最珍貴的藝術品。

「不過我要先徵求妳同意。」巡音說：「我不是想利用妳痛苦的過去……」

「沒問題！」沒等巡音說完，彩粉說：「我的痛苦過去反而可以幫助更多有需要的人，我不可能拒絕。」

「謝謝妳。」

彩粉看著藍藍的天空。

「我最近在想，或者……」她咬著下唇：「**報仇其實是一種報應**。」

巡音沒有追問，因為她知道彩粉想繼續說下去。

「無論是『踩罪黨』，還是我們，都因為報仇而失去了最重要的東西。」彩粉泛起淚光：「日黑失去了生命，而我失去了他。」

「一切會過去的，然後會成為妳的回憶。」巡音抓緊她的手：「就像我一樣，心中還是會留下一個位置給日黑，那個永遠只有十來歲的他，還有，我們的青蔥歲月也不會忘記。」

「我也不會忘記他，從我八歲開始，已經愛上的一個男人。」彩粉抹去眼淚微笑。

「這個男人真的厲害，能夠讓世界上兩個美女永遠想著她。」巡音嫣然一笑。

彩粉也笑了。

「日黑，看你多了不起，我們永遠都不會忘記你，你永遠都會在我的心中，成為拯救我的英雄！」彩粉心中想。

她對著藍藍的天空，開朗地笑了。

此時，彩粉的手機響起，打來的人是何靈素。

彩粉聽著她的說話，轉動著眼珠，皺起眉頭。

「好，我現在過來。」她說完後掛線。

「發生了什麼事嗎？」巡音擔心地問。

「一件意想不到的事。」彩粉認真地說。

2

中環心理治療中心。

我、仁甲、細豪，來到了靈素的心理治療中心。

「我調查過了，在電郵內寫著的地址，跟發出電郵的地址一樣。」仁甲看著螢光幕。

「這樣就不會是惡作劇吧。」細豪在思考：「會不會是陷阱？」

「他們六人不是已經沒法再對付你們了嗎？」靈素眨眨眼睛：「誰會設下陷阱？」

「不過電話也沒有留，只留下地址不是很奇怪嗎？」仁甲猜疑。

「或者那個人想直接跟我們聯絡。」靈素說。

因為我們沒有任何的聯絡方法，而聯絡靈素是最有機會可以聯絡到我們，所以她收到了這一封電郵。

電郵的內容讓我們感到非常驚訝。

「我知道十六年前侵犯柔彩粉的人是誰，不是他們六人其中一位。煩請聯絡我。」

然後，是一個長沙灣的地址。

仁甲已經確認了，電郵是由該地址發出。

「現在怎樣辦？」

他們三人一起看著我。

黑，如果你還在，會怎樣做？

失去了日黑後，我用了一年的時間才勉強能夠接受這個事實。當所有事情已經結束之後，現在卻收到這個神秘的電郵。

那個當年侵犯我的人不是他們六人其中一個？

「彩粉，妳記得當晚是不是只有『踩罪黨』六人與日黑？」細豪問：「還有其他人？」

「沒有了，沒有其他人。」我搖搖頭。

「我跟彩粉做過催眠，當時的回憶也只有那幾個人與日黑，沒有出現過其他人。」靈素解釋：「不過，有可能因為埋藏得太深，連催眠都起不了作用。」

「如果櫻滿春那些女的，叫了其他人來呢？」仁甲揣測。

「但為什麼現在才要說出真相？」靈素懷疑：「而且這變態的行為，根本不可能告訴別人。」

靈素看了我一眼，她不想我難受，我跟她微笑，表示沒問題。

「我覺得一定是惡作劇，我們可以不用理會！」細豪說。

沒有……其他人……真的沒有……嗎？

我不可能記錯的，我被虐待後不久，快要昏迷之時，他們六人其中一個人走回來侵犯我，然後日黑出現來救我……

是這樣，不會有錯的。

「算了吧，我們不需要去冒險。」細豪一直在擔心我。

等等……

！！！

突然！！

我想到了一些東西，我的記憶好像跟什麼「重疊」了一樣！

那個「時序」是不是……反轉了？

好像還有……其他人……！

我瞪大雙眼看著他們。

「我想去見見這個發電郵的人！」我認真地說。

他們沒想到我會這樣說，靈素走向我抱著我。

「如果妳想去，我們一定會陪妳！」她語氣非常溫柔。

「不能讓妳一個人去！」仁甲說。

「對！」細豪和應：「如果給日黑知道我們讓妳一個人去，他會殺了我們！」

「所以……」靈素指著我心臟的位置：「日黑也跟我們一起去吧。」

日黑一直也在我的心中，的確沒有錯。

我跟他們微笑：「好，我們一起去吧！」

3

長沙灣舊式屋邨。

我們來到了電郵內的單位。

「好了。」我深呼吸，按下門鐘。

也許只是惡作劇，不知道為什麼我會這麼緊張。

不久，一個看似七十歲的伯伯打開了木門，我從鐵閘中看著他的樣子，我肯定沒有見過他。

他呆了一樣看著我，半秒後他說：「妳真的來了，大家進來吧。」

我們一行四人走進了單位之內，單位不大，而且也沒有什麼傢俬電器，只有一台殘舊的筆記簿電腦放在正方形的木桌上。

我們介紹了自己，細豪看到只是一個七十多歲的老人家，也放下了戒心。

「我叫周孝天，你們可以叫我天伯。」他說話很慢。

「天伯，你在電郵中的內容⋯⋯」仁甲問。

天伯看著我說：「本來我想把這件事帶入棺材就算了，不過，一年前我從新聞中再看到妳，我猶豫了很久，決定了把我知道的告訴妳。」

「你⋯⋯一直也知道當年是誰侵犯我？」我忍耐著激動。

「已經是十七年前了⋯⋯」天伯不敢正視我：「對不起，沒用的我總是覺得多一事不如少一事，而且也知道不是我這個人可以插手的，法律我也並不懂。」

「那個侵犯彩粉的人，是他們六個人嗎？」靈素問。

天伯搖搖頭。

「你知道是他們的朋友所為嗎？」細豪問。

天伯也在搖頭。

「怎會？明明就已經沒有其他人在⋯⋯」仁甲思考著：「如果不是他們，還有誰？」

「不，不只是他們，還有其他人。」天伯說：「**還有我**。」

我們四個人聽到瞠目結舌，呆了一樣看著他！

然後天伯把一樣東西拿出來放在桌面。

這是……

「沒錯，十七年前，我是皇家美術學院的……**保、安、員**。」

……

…

·

十七年前。

白日黑被警方帶走後，天伯與另一位保安員錄了口供協助調查後，回到保安員休息室。

「媽的，怎會有這麼變態的人！」天伯抽起煙來：「如果是我的女兒，我一定會把那個人監生打死！」

天伯說完後，沒有任何的回應，他看著另一個保安員，他叫袁炳歡，頭髮充滿頭油，眉尖額窄，看似三十出頭。

天伯留意到袁炳歡的制服褲上沾上了血水，明明他們就沒有碰過那個女孩，為什麼會有血跡？

「也許是不小心弄到吧。」天伯心中想，不以為意。

然後，他看著的他那話兒的位置，制服褲濕濕的，就像是瀨了尿一樣。

「真的很不錯呢……爽死了……」袁炳歡像精神有問題一樣對著空氣說話。

「炳歡！」天伯大叫他的名字。

他才發現天伯看著他，他立即收起那個猥瑣的笑容。

「為什麼你突然說要巡邏美術室？」天伯套他說話。

「沒什麼，就是想看看有沒有什麼事發生，嘰嘰嘰。」炳歡高興地說：「我們捉到那個變態的人了！」

他的說話完全不合邏輯，為什麼要去看發生什麼事？

難道是「知道會發生什麼事」嗎？

不過，天伯沒有多問，當時他的想法……「多一事不如少一事」。

最後他沒有追問下去。

單位內。

「後來，袁炳歡在學校因非禮女學生，被逐出學校了，我也沒有再見到他。」天伯說。

「依照你的說法，你也沒有親眼看到那個袁炳歡，就是侵犯彩粉的男人。」仁甲說。

「我的確沒有親眼看到，不過，我一直懷疑他做了一些不可告人的事。」天伯從一個鐵盒中再次拿出一樣東西：「袁炳歡離職後，我在他的雜物櫃中找到的，一個單身的男人，不知道為什麼有這東西。」

是一個女孩用的蝴蝶髮夾。

我把髮夾拿起來看。

「這是……小時候媽媽買給我的！蝴蝶的顏色很特別，我不會記錯！」我不禁肩頭發顫。

「袁炳歡擅自拿走了彩粉的東西？」細豪問。

「從心理學來說，有些犯人喜歡拿走受害者的物件，當作是戰利品。」靈素解釋。

「但也沒法證明他就是侵犯彩粉的兇手。」仁甲托著腮說：「如果兇手是他，那『踩罪黨』六人和他們的父母怎會把罪名嫁禍給日黑，而不是找出真兇？」

「不，因為虐待我的人是他們六人，而他們的父母也認為整件事都是他們所為，所以把所有事情嫁禍給一個人是最簡單的。」我說。

日黑曾經跟我分析過這個問題。

事情是這樣的，我被畫筆插入下體，一定是他們六人的所為，而侵犯我的人是第二件事。當年，他們六人當然是矢口否認，不過他們的父母都覺得，兩件事都是他們六人的所為，而日黑又正好出現，直接把兩件事嫁禍給日黑，根本不用追究第二件事是誰所為。

如果第二件事不是他們六人所為，那個真正侵犯我的犯人還在……逍遙法外。

「你有沒有袁炳歡的聯絡方法？」我問：「如果我可以看到他，也許會有記憶！」

「已經這麼多年了，我也沒有跟他聯絡，對不起。」天伯說：「我沒法肯定是他侵犯了妳，不過，我心中總是覺得他就是真正的兇手。」

「天伯，謝謝你。」我微笑說。

「不，是我對不起妳，因為我只是一個袖手旁觀的人。」他眼中泛起了淚光。

人到老年，就會想著一生中後悔的事，也許，這是天伯一生中，其中一件後悔的事。

「天伯，借你的電腦一用！」仁甲說。

「可以，不過這台電腦已經很老舊，我只是用來發發電郵、看看小說。」

「沒問題的，我這個四眼的朋友是電腦天才！哈！」細豪笑說。

「其實你想做什麼？」天伯問仁甲。

「美術學院的內部資料庫內，應該一直有保留保安員應徵時的資料。」仁甲自信地說。

仁甲是想找出袁炳歡的下落。

他正在忙著，我跟靈素走到舊式屋邨的晾衫露台，看著街上的孩子正在追逐。

「彩粉，如果真的給你找到那個袁炳歡，而且證明他就是當年侵犯妳的人，妳會怎樣？」靈素問。

這個問題一直在我的腦海中揮之不去。

我想起了日黑死去，如果不是他，也許我與日黑也不會這麼痛苦，他應該像「踩罪黨」一樣，得到應有的懲罰。

我擠出一個邪惡的笑容說。

「**殺了他**。」

5

三天後，海防博物館對開橋底。

仁甲找到了袁炳歡的身份證，輾轉追查之下，終於找到了他。

社工說，袁炳歡十年前已經無家可歸，而且染上毒癮，只會晚上回到天橋底睡覺。

凌晨時分，我們四人來到天橋底，有一處地方亮著燈，也許帳篷內的人，就是袁炳歡。

「彩粉妳自己一個去真的沒問題嗎？」靈素擔心我。

「沒問題，有什麼事我會大叫。」我笑說。

我只想他們在天橋外等待，我一個人去找這個男人。

在我的手袋中，已經放了一把軍刀，我已經準備好，不想讓他們見到我殺死他的過程。

「小心點。」細豪說。

「我們在這裡等妳。」仁甲說。

靈素沒有說話，她只是擁抱著我，她沒有忘記那天我在露台跟她說的事，靈素知道我會如何做。

我慢慢走向了帳篷，心跳跳得很快，我心中希望不是他，卻又想找到真正的兇手。

衣衫襤褸的男人背著我坐，他沒有發現我靠近，他正用針筒把毒品注入手臂。

「袁……袁炳歡。」我叫著他的名字，手伸入了手袋。

他緩緩地轉過頭來，他……

臉上的一顆大痣，讓痛苦的回憶……

一剎那再次出現在我的腦海中！

……

…

·

美術室內。

「很熱，別怕，我替妳脫去衣服，嘰嘰嘰！」

「不要……」

「看來妳只有十歲不到，妳的身體真的很滑！我看到很興奮！！！」

「不……」

然後，那惡臭的東西……塞入了我的嘴巴中。

「爽死！爽死！」

「不……」我很想擺脫，卻因為失血過多已經無力掙扎。

我只能痛苦地流下眼淚，在快要昏迷的一刻，我看到了……

臉上的一顆大痣！

還有極度邪惡，讓人毛骨悚然的表情！

侵犯我的人……**就是袁、炳、歡！**

……

…

.

天橋下。

十七年後的今天，我再次流下眼淚！

我的雙手不斷抖震！沒想到再次見到這個男人，我內心非常的害怕！比一生中看見任何一個人更害怕！

「美女……嘻嘻……找我有事嗎？哈哈哈！」注射了毒品的他已經神智不清。

我緊緊握著軍刀。

「嘰嘰嘰，妳是不是妓女？要給我服務嗎？來來來！」

袁炳歡站了起來，把褲子脫下，露出了自己的那話兒！

十七年前發生的事，十七年後的今天，再次發生！

身體上的痛楚、心靈上的痛苦，同時出現在我的腦海之中！我……

日黑，我……應該怎樣做？

「快來！快來！哈哈哈！！！」他想走近我。

我更清楚看到他的樣子，我肯定那天侵犯我的人就是他！

黑，我要報仇！不只是為了我自己，還有為了你！

「**不要**。」

我腦海中，出現了日黑的聲音！

「**不需要……弄污妳的手**。」

日黑那個沉鬱的樣子出現在我腦海中！

突然，我想起了跟巡音說過的一句說話……

「**報仇其實是**一**種報應**。」

殺了他，又如何？日黑你會復活過來嗎？

殺了他，我們的過去就可以改變嗎？

殺了他，我可以回到八歲前，那個快樂的自己？

「彩粉！」

他們三人一起走到我的身邊。

「沒事嗎？」細豪用手擋在我的前面。

然後，我……**丟下手上的軍刀**。

「現在的他，不值得我殺死他。」我完全沒有退縮，看著他：「現在你，根本已經比死更難受！」

袁炳歡呆了一樣看著我。

「你現在根本就不是在生活！甚至不是生存！沒有朋友、沒有家人，也沒有任何人生意義！」我堅強的眼淚繼續流下：「殺你都是多餘的！因為你現在已經……**身、處、地、獄！**」

他好像聽得懂我的說話，他……雙腳跪在地上。

「刀我留給你，你想怎樣做都可以，你要這樣生存下去？還是做個了結？你自己決定，而且我也不再在乎。」我跟他們說：「我們走！」

袁炳歡用空洞的眼神看著地上的軍刀。

我不知道他最後有沒有用上那把軍刀，我只知道，現在我已經……

不再在乎了。

日黑，你喜歡我這個「復仇計劃」嗎？

6

一個月後，早上。

我們來到了大埔海濱公園的碼頭。

我看著對出的跑步徑，帶點涼風的天氣下，早上來跑步的人雖然出了一身熱汗，卻特別舒服。

當天我們把日黑的骨灰灑在海中，決定了每年的這天，都會來探望這個我一生最愛的男人。

自從那天我沒有殺死袁炳歡，我開始思考「仇恨」究竟是一樣怎樣的東西？

我沒有殺他的原因，**是因為他已經活在地獄？還是我已經寬恕了他？**

直至今天，我還沒有真正的答案。

不過我知道我這個決定是對的，至少我現在心情開朗多了。

我不是說不要報仇，任何人都要寬恕對待，我只是覺得，**我已經不再仇恨那個傷害我的人。**

冥冥中有主宰，沒有他，或者我根本不認識日黑，也不會得到現在的朋友。

「仁甲，來到郊外你還拿著電腦幹嘛？」靈素說：「應該要好好享受海風與陽光啊，對你的身心也很好！」

「心理醫生都是這麼愛管別人的心理健康嗎？」仁甲聚精會神看著螢光幕：「我在設計網頁，來到最後了！」

「關上它吧！」細豪把筆記簿電腦合上：「今天是來探日黑的！」

「知道了！知道了！」

仁甲是在設計我們那個「復仇者聯盟」的網頁，當然是在暗網上吧。

我們四個人一起坐到碼頭邊，看著海與天空的水平線，我跟他們說，吹來的海風就是日黑給我們的回應。

他就在遠方撫摸著我的臉龐。

我們沒有說話，一起感受日黑溫柔的雙手。

事情終於真真正正落幕，雖然你已經離開了我們，不過，就像巡音一樣……

你永遠也活在我的心中。

這個世界，有 51% 的人喜歡落井下石、32% 的人漠不關心、13% 的人見死不救、3% 的人愛莫能助。

還有 1% 的人，就像我們兩個一樣，會互相幫助、互相分擔痛苦。

我不會忘記，這十多年來，這個為我分擔痛苦的你。

雖然我們不是什麼情侶的關係，而且我們也沒有真正承認過對方的身份，不過，我知道，你跟我一樣，心中總是有我，對吧？

我們永遠也是最深愛對方的復仇組合。

日黑，我愛你。

「對，我們組織的名稱……」仁甲突然說。

「不是復仇者聯盟嗎？」細豪說。

「才不要！跟電影一樣！」靈素說：「應該改一個更能代表你們跟日黑的名稱！」

他們努力地思考著。

我突然站了起來，對著他們笑說。

「其實我已經想好了組織的名稱，因為我是團長，所以你們不能逆我意！」

「我這個團長很大的官威啊！」靈素笑說。

「由彩粉決定我覺得很合適！」細豪贊同。

「團長大人快說！叫什麼名稱？很緊張！」仁甲已經急不及待。

「因為日黑是始創人，所以我想名稱中有一個『黑』字。」我深呼吸一口氣說：「名稱就是……」

……

……

.

「**黑歷史復仇團**」！

日黑，你喜歡這個團名嗎？嘻。

這個組織，又是……另一個故事了。

《黑歷史》第二部完．

全文完

《黑歷史》後記

「好人有好報？未必有，不過……惡人必有惡報！」

是人為的惡報，還是上天的惡報，我是相信總有報應的。

本來我以為，《畜生》的男主角鍾笙月是我小說中最慘的角色，沒想到「孤泣小說世界」中，遭遇最慘的人，被白日黑打敗了。

未來還有更慘的主角出現嗎？我看著我的孤貓苦笑了，嘿。

由「黑歷史」帶出整個故事，你有領悟到什麼嗎？

其實「復仇」是一樣怎樣的東西？我們真的可以吞聲忍氣接受任何的委屈，而不去想……

「我要如何報仇？」

不能，因為我們都只是平凡人，不能像神一樣寬宏大量。

寫到「踩罪黨」一個又一個得到應有的懲罰時，我心中的確有一份大快人心的感覺。

有時我會想，白日黑會不會幫我報仇？

然後我又會想，其實我不用報仇，因為自己討厭的仇人，也會有很多仇家，一定會有人幫我替天行道，對吧？

或者，我也是「踩罪黨」曾欺凌過的人，現在白日黑替我徹底報仇了。

還有一點在小說中非常非常重要的訊息，就是⋯⋯「不要欺負比你弱小的人」。

真的，你會得到報應。

寫到後記，我一對孖女已經快兩個月大了，看著她們長大，真的希望她們的人生中沒有「仇人」，不過，我又知道，生活在人類的社會，根本就沒可能。

無論怎樣也好，希望她們未來必會出現的「黑歷史」，不至於影響她們的一生，希望她們能夠一笑而過，最重要是能夠成為一個「善良」的人。

白日黑問：「善良有沒有用？」

不，總有人會看到她們的「善良」，然後會幫助她們，甚至是深深地被她們的善良吸引。

爸爸真的是這樣想的，嘿。

不求有好報，只求妳們有一個……快樂的人生。

日黑，請在天上守護著她們。

孤泣字 5/2024

孤泣特別鳴謝

孤泣小說團隊

由出版第一本書開始，只得我一人。直至現在，已經擁有一個孤泣小說的小小團隊。謝謝一直幫忙的朋友。從來，世界上衡量的單位也會用金錢來掛勾，但在這個「孤泣小說團隊」中，讓我發現，別人為自己無條件的付出。而當中推動的力量就只有四個大字——「我支持你！」很感動！在此，就讓我來介紹一直默默地在我背後支持的團隊成員。

App 製作部

Jason

傳說中的 Jason 是以戇直、純真、傻勁加上一點點的熱血配製而成。為了達成一個小小的夢想，忍痛放棄一份外人以為穩定的工作，毅然投身自由創作人的行列。希望可以創作屬於自己的 iOS App、繪本、魔術書、氣球玩藝書、攝影手冊、攝影集、IT 工具書等。歡迎大家來 www.jasonworkshop.com 參觀哦！

編校部

RONALD

學藝未精小伙子，竟卻有幸擔任孤泣小說的校對工作。可說是人生一大幸運的事。

編校部

曦雪

曦雪，愛幻想、愛看書、愛笑愛叫的怪小孩，平時所有愛做的都不會做。嘉歡寫作卻不會寫，說是因為懂寫不懂作。Winnifred，現實中的化妝師，見證多少有情人終成眷屬。喜歡美麗的事物，自成一格的審美態度：「美，可以是看不到、觸不到，卻能感受得到。」機緣巧合，成為孤泣的文字化妝師。

多媒體與平面設計部

阿鋒

平面設計師，孤泣愛好者。由讀者搖身一變成為團隊成員之一，期望以自己的能力助孤泣一臂之力。

RICKY LEUNG

兜了一圈，原地做夢！感激孤泣賞識同時多謝工作室團隊，這團火燒到了我。創作人，路是難行但並不孤單。

阿祖

喜歡電影、漫畫、小說、創作，希望替孤泣塑造一個更立體的世界。

插畫部

13

不善於用文字去表達心情，但喜歡以圖畫畫出一片天空，這片天空是無限大，同時存在了無限個可能。多謝孤泣給我機會發揮我自己，而孤泣的小說，是我的優質食糧。

法律顧問

X律師

當孤泣問我如何殺人不坐監、未來人受不受法律約束時，我決定成為他的顧問，律師費請匯入我戶口，哈哈。

宣傳部

孤迷會

孤迷會 (Official)FB：

https://www.facebook.com/lwoavieclub

IG: LWOAVIECLUB

孤泣作品
LWOAVIE RAY COLLECTION
30

黑歷史 02

孤泣 著

校對編輯 首喬 ／ **封面題字、設計** 孤泣 ／ **美術排版** joe

出版 孤泣工作室有限公司 荃灣德士古道212號W 212 2005室

發行 一代匯集 九龍旺角塘尾道64號龍駒企業大廈10樓B & D室

承印 美雅印刷製本有限公司 九龍觀塘榮業街6 號海濱工業大廈4 樓A 室

出版日期 2024年7月 ／ **ISBN** 978-988-75831-7-2 ／ **定價** 港幣 $118

孤出版

lwoavie1 lwoavie

孤泣個人網址 ray.lwoavie.com

孤泣作品

1《孤泣情心》
2《預言故事》
3《電影少年》
4《戀愛崩潰症》
5《Apper1 人性遊戲》
6《愛情神秘調查組》
7《Apper2 人性遊戲（上）》
8《Apper2 人性遊戲（下）》
9《分手寄賣店》
10《舊同學聚會》
11《殺手世界 01》
12《殺手世界 02》
13《低等生物（上）》
14《低等生物（下）》
15《遺憾的天空》
16《Apper3 人性遊戲（上）》
17《殺手世界 03》
18《天使禮物》
19《Apper3 人性遊戲（中）》
20《Apper3 人性遊戲（下）》
21《分手寄賣店 02》
22《惡魔戀讀》
23《殺手世界 04》
24《Gambler 金錢遊戲》
25《Gambler 金錢遊戲 02》
26《孤泣說》
27《遺忘曲線》
28《庇護工場》
29《庇護工場 02》
30《你不在的時候》
31《孤泣說 02》
32《命運印記》
33《殺手世界 05》
34《戀愛待換店》
35《低等生物 02（上）》
36《低等生物 02（下）》
37《Apper4 人性遊戲（上）》
38《Apper4 人性遊戲（中）》
39《Apper4 人性遊戲（下）》
40《孤泣說 03》
41《殺手世界 06》
42《已讀不回》
43《那天我遇上你》
44《戀愛待換店 02》
45《生命最後１分鐘》
46《教育製道 01》
47《教育製道 02》
48《我離開了以後》
49《罪愛》
50《孤城中遇上你》
51《分手寄賣店 03》
52《戀愛待換店 03》
53《殺手世界 07》
54《智能生物》
55《智能生物 02》
56《他代我陪你走》
57《殺手世界 08》
58《戀上十二星座 01》
59《戀上十二星座 02》
60《殺手世界 09》
61《我不想做人 01》
62《我不想做人 02》
63《別相信記憶 01》
64《別相信記憶 02》
65《外星生物 01》
66《外星生物 02》
67《闇行世界 01》
68《別相信記憶 03》
69《字作自受》
70《字討苦吃》
71《如果我們沒有遇上》
72《別相信記憶 04》
73《自殺調查員 01》
74《自殺調查員 02》
75《九個少女的宿舍 01》
76《九個少女的宿舍 02》
77《原來你未夠痛》
78《假如失去了你們》
79《自殺調查員 03》
80《世界上沒有鬼》
81《人渣》
82《賤種》
83《九個少女的宿舍 03》
84《九隻孤貓的宿舍》
85《劏房 1》
86《劏房 2》
87《世界末日還有貓 01》
88《世界末日還有貓 02》
89《畜生》
90《禽獸》
91《前度的羅生門 01》
92《前度的羅生門 02》
93《時空管理局 01》
94《時空管理局 02》
95《太和邨 01》
96《太和邨 02》
97《黑歷史 01》
98《黑歷史 02》

孤泣作品 30

BLACK HISTORY

ISBN 978-988-75831-7-2

定價 | HK$118

上架建議 | 小說散文